KB133344

타임머신을 타고 옛날로 돌아갈 수 있어도
널 만나기 전으로 돌아가지 않아

강백수

그리고
나는
아빠가
된다

그리고
나는
아빠가
된다

타임머신이 있대도
널 만나기 전으로
돌아가지 않아

강백수 지음

정미소

차례

아내가 아이를 가졌다. 열 달 동안 생명 하나를 배 속에 품고 입덧과 무게와 피로와 생리현상과 호르몬 변화와 두려움과 불안과 기대와 참견을 견디며 살아간다. 배 속에서 자라날 아기도 아기 나름대로 힘거운 시간을 보낼 것이다. 온몸이 자라나는 과정에서 겪게 되는 성장통이 있을 것이고, 태어나는 과정에서 만나는 여러 가지 환경 변화와 태어남 자체가 주는 고통을 겪어야 할 것이다. 이러한 과정을 통해서 아내는 한 사람의 엄마가 되고 아기는 하나의 우주가 될 것이다.

그리고 나는 아빠가 된다. 아빠가 되기 위해서 겪어야

하는 일들도 있기는 하다. 돈을 좀 더 벌어야 한다거나, 임신 중인 아내를 챙겨야 한다거나, 집안일을 좀 더 도맡아서 한다거나 하는 것들. 그런데 이런 것들은 내 아내와 아기가 겪게 되는 일들에 비해서 너무 별거 아닌 일들이라는 생각이 든다. 아빠라는 이름 역시 엄마라는 이름처럼 숭고한 이름일 텐데, 감히 그 이름을 이렇게 거저 얻어가도 되는 것인가.

아무래도 마음이 편치 못해서 최대한 할 수 있는 일을 해 보려 한다. 열 달 동안 우리 가족에게 일어날 일들을 기억할 수 있는 만큼 기억해 볼 생각이다. 해야 할 고민이 있다면 그것을 충분히 해 볼 것이고, 하지 말아야 할 일들이 있다면 그것들을 하지 않기 위해 필요한 자제력을 갖추도록 노력해볼 것이다. 아내가 엄마가 되는 동안 나도 필사적으로 아빠가 되어 볼 것이다.

이 책에 담길 10개월간의 이야기들은 아마도 대부분 부모와 자식으로 구성된 가정이라면 흔히 경험해 보았을 만한 평범한 것들일 것이다. 거시적으로 보면 분명히 그렇겠지만, 아이를 기다리는 시간은 개개인들에게는 때로는 경이로움이고 때로는 찬란함임에 틀림없다. 그것을 경험해 본 누군가들에게는 이 책이 그러한 감정들을 다시 떠올릴 수 있게 만드는 계기가 될 수 있다면 좋겠다. 그리고 또 다른 누군가들에게는 앞으로 느낄 그 소중한 감정에 행여 방해될지 모르는 두려움과 불안을 조금이나마 걷어낼 수 있는 도구가 될 수 있기를 바란다.

사실 그보다, 이 책이 나의 아내와 곧 만날 아기에게 좋은 추억이 되고 선물이 되길 좀 더 바란다.

행여나 미래의 내가 멍청하게도 지금의 마음을 잊고, 좋은 아빠보다 다른 무엇이 되기를 더 바라는 것 같거든 누구라도 이 책을 집어 들어 내 얼굴에 힘껏 던져주길. 언제든 지금의 마음으로 돌아가 다시 좋은 아빠가 되는 방법에 대한 고민을 시작할 테니.

1.

가족의 탄생

결혼을 결심하게 된 데에는 어쩌면 전 세계를 강타한 코로나19의 영향도 있었을지 모르겠다. 오프라인 공연과 강연으로 생계를 유지하던 내게 코로나19로 인한 사회적 거리두기가 실시되던 그 시절은 매우 가혹한 시절이었다. 한동안은 매일 아침 스케줄이 취소되었다는 연락으로 하루를 시작하고, 그렇게 모든 일정이 취소되었을 무렵에는 그야말로 아무런 대책도 없이 이 시절이 끝나기만을 마냥 기다려야 하는 상황이 되었다. 내가 사회에 나와 커리어라는 것을 만들어 나가기 시작한 이래로 이토록 경제적으로, 심리적으로 바닥을 향해 곤두박질치던 시기는 없었다.

그럼에도 불구하고 나는 그 시절을 마냥 최악의 시기였다고 기억하지 않는다. 그것은 내게 그녀가 있었기 때문이다. 뉴스에서 코로나19라는 신종 전염병의 위험성을 보도하기 시작하고, 하나둘 마스크를 착용하는 사람들이 눈에 띄기 시작할 무렵이었던 2020년 초에 우리는 처음 만났다. 당시 나는 가수 데뷔 10주년을 맞이하여 기념 공연을 열었는데, 친한 동생이었던 기현이가 혼자 오기 적적하다며 그녀와 함께 공연장을 찾아주었다. 공연을 마치고 관객들과 함께한 뒤풀이가 열렸던 족발집에서 나는 그녀와 첫인사를 나누었고, 이내 좋은 인상을 받게 되었다. 자리를 몇 차례 옮기는 과정 속에서도 우리는 서로의 곁에 앉아 많은 대화를 나누었던 기억이 난다. 다음 날 일어나자마자 나는 기현이에게 전화를 걸었다. "기현아, 혹시 어제 그분 말야. 네가 잘해보고 싶은 분이니?" 기현이는 대답했다. "아니에요. 그냥 친한 고등학교 후배예요." 나는 안도하며 물었다. "그럼 내가 그분이랑 좀 잘 해봐도 될까?" 기현이는 웃으며 말했다. "제가 좋아하는 사람들끼리 잘 만나보면 저는 너무 좋을 것 같아요." 나와 그녀는 그날부터 서로 끊임없이 메시지를 주고받으며 끝없이 이야기를 나누었고, 서로 만나고픈 마음이 갑자기 부풀던 이틀째 밤에 예정에도 없었던 만남을 가졌다. 만난 지 오 분도 되지 않아 나는 그녀에게 말했다. "우리 사귈 것 같지 않나요?" 그녀는 고개를 끄덕였고, 우리는 처음 통성명을 한 지 약 48시간 만에 연인이 되었다.

연애의 시작과 동시에 코로나19의 심각성은 커져만 갔고, 우리는 제대로 데이트다운 데이트를 하기가 어려웠다. 설상가상으로 나의 경제적 사정은 안 좋아지고, 거의 서로의 집에서 시간을 보내게 되었다. 그런데 그 시간이 안타깝다기보다 오히려 즐겁다고 생각했다. 돈이 없으면 없는 대로 함께 산책하고 책을 읽으며 시간을 보냈고, 재택근무를 하게 된 그녀를 위해 밥을 짓고 나누어 먹으며 보내는 시간이 내겐 커다란 위안이었다. 무엇보다 좋았던 건 그녀가 내게 지속적으로 보내던 격려였다. "시기가 이래서 그렇지, 나는 오빠가 얼마나 대단한 사람인지 알아." 자꾸만 위축되던 그 시기에 내가 나를 잃지 않도록 지탱해준 것은 바로 그런 말들이었다. 그렇게 하루하루를 보내다 만난 지 일 년이 조금 지났을 무렵, 나는 문득 아버지께서 예전에 해 주셨던 말씀을 생각해 냈다. "결혼하고 싶은 사람을 만나거든 최악의 시기를 한 번 같이 보내보는 것도 괜찮아. 좋을 때야 누구든지 멋지고 대단해 보이지만, 최악의 모습을 보고도 서로 사랑한다는 건 두 사람이 진짜 인연이라는 이야기거든." 곰곰이 생각해보니 어쩌면 내 인생 최악의 시절로 기억될 만한 일 년이 그녀로 인해 그럭저럭 지낼 만한 시절로 남을 수 있던 것은 기적과도 같은 일일 수 있겠다는 생각이 들었다. 그리고 가장 볼품없는 시절의 내 모습마저 좋다고 말해주는 그녀보다 더 좋은 사람을 만날 수 있으리라는 자신이 없었다. 나는 그녀와 남은 생 전체를 함께 보내도 좋겠다는 생각이 들었다. 그녀만 있다면 아무리 최악의 시기가 또다시 찾아와도 그럭저럭 견뎌낼 수 있으리라는 자신감이 들었다.

어느 날 아침 나는 뜬금없이 그녀의 통장에 나의 작고 귀여운 전 재산을 입금했다. 그녀는 깜짝 놀라 이게 무슨 돈이냐고 물었다. 나는 그녀에게 말했다. "내가 가진 건 이게 전부지만, 적어도 지금보다 궁핍한 시기는 내 인생에 없을 거라고 믿어. 많지 않은 돈이지만 이걸로 우리 같이 한번 시작해보면 어떨까?" 나는 그녀가 당혹감을 느낄 것이라고 생각했지만 오히려 그녀는 나의 제안을 아주 기쁘게, 흔쾌히 고개를 끄덕이며 받아 주었다. 우리가 처음 연인이 되었던 그때처럼.

다음 절차는 모두 물 흐르듯 자연스럽게 흘러갔다. 먼저 양가의 허락을 구했다. 소득이 불규칙적이고 여러모로 불안정한 내 직업을 그녀의 부모님께서 달가워하실 리 없다고 생각했는데, 의외로 두 분께서는 나를 너무도 따뜻하게 맞아주었다. "아이고, 요새 그렇게 가수 임영웅이 좋더니, 우리가 가수 사위를 맞으려고 그랬나 보네." 아마 처음 보는 나에 대한 믿음이었다기보다는, 언제나 옳은 선택을 해 왔던 든든한 딸에 대한 믿음으로 나를 허락해주시지 않으셨을까 생각한다. 우리 아버지야 두말할 것도 없이 싱글벙글이셨다. 내가 용케도 저렇게 밝고 반듯한 배우자감을 데려왔다는 사실을 신기해하셨던 것 같다. 머지않아 상견례 자리를 마련했다. 양가 어른 모두 어렵고 쑥스러워하셨지만, 함께 가정을 꾸려 보겠다는 우리 둘을 온 마음으로 지지해주신다는 부분에 있어서 만큼은 이야기를 모아주셨다.

우리는 게임 속 퀘스트를 하나하나 클리어 하듯 순조롭게 결혼 절차를 이어갔다. 결정해야 할 것들은 정해져

있었지만 그 안에서도 우리에게 중요한 것들과 중요하지 않은 것들을 나누었다. 이를테면, 우리는 가전제품이나 가구에 큰 돈을 들이지 않기로 했고, 예식장도 그리 비싸지 않은 대학 동문회관으로 선택하기로 했지만, 신혼여행만큼은 후회 없이 다녀오기로 했다. 그런 부분에서 의견 차이가 없어서 다행이었다. 그 밖에 반지를 맞추고, 웨딩 사진을 찍고, 드레스를 고르고, 청첩장을 만들고, 사람들을 초대하는 모든 과정을 하나하나 넘어서며 결혼식을 향해 가고 있었다.

쉽지 않았던 일이라면 역시 우리가 함께 살 집을 고르는 일이었다. 우리는 우리의 상황을 비추어 보았을 때 비교적 합리적으로 보였던 서울시 신혼부부 전세자금 대출을 이용하여 전세자금을 확보했다. 목표로 삼은 지역이 서울 중심부는 아니었지만, 주어진 예산 안에서 우리가 원하는 컨디션의 집을 구하는 것은 어려운 일이었다. 당초 염두에 두고 있었던 동네를 포기해야 했고, 혹시나 하는 마음에 몇 해 전 내 자취방을 알선해준 서울 외곽의 한 공인중개사를 찾아가 보았다. 사장님께서는 몇 군데의 집을 보여주셨는데 모두 조금씩 성에 차지 않았다. 그러다 "여기가 마지막 물건인데요, 특이한 점이라면 지금 제가 아내와 살고 있는 집이라는 겁니다." 라며 마지막 집, 그러니까 부동산 사장님 자신이 세 들어 살고 있는 집으로 우리를 데려가셨다. 4년 정도 신혼생활을 하셨다는 그 빌라는 군데군데 생활의 흔적이 있기는 했지만 비교적 깔끔하게 유지되고 있었다. 개별 공간이 넓지는 않았지만 구조도 합리적이었다. 우리는 조용히 서로 눈을 맞추고 고개를 끄덕였다. '여기다!' 사장님께서 이 집의 전세 가격이 우리의 예산 안에 들어온다고 말씀하시자마자 우리는 계약을 결심했다. 이 집에서 지낸 지 일 년 넘게 지난 지금 돌이켜봐도, 완벽하진 않지만 더 좋은 집을 꿈꾸며 그것을 위한 준비를 해 나가기에는 적당한 집이라는 생각이 든다.

두 자취방에서 살림들을 옮겨오고, 부족한 가전과 가구는 저렴하게 구입하며 나름의 집 정리를 마칠 무렵, 결혼식 날짜가 다가왔다. 주례를 맡아주신 나의 지도교수님께서 서로를 영원히 사랑할 것을 하객분들 앞에서 맹세하겠냐고 물으셨을 때, 큰 소리로 대답하면서도 나는 새삼스럽다고 생각했던 것 같다. 우리는 이미 결혼 준비의 수많은 관문들을 넘으며, 서로와의 행복한 삶을 위한 준비를 차례차례 해 나가며 서로가 연인일 때에는 느끼지 못했던 전우애 같은 것을 느끼고 있었다. 교수님께서 말씀하신 '영원'이라는 기간은 이미 시작되어 흘러가고 있는 기분이었다. 결혼식을 마치고 집에 와 짧은 휴식을 하고, 신혼여행지인 바르셀로나로 향하는 비행기에서 기절하듯 잠든 그녀를 보며 나는 생각했다. 우리는 우리도 모르는 새 이미 가족이 되어 있다고.

2.
괜찮은 2인조

아내와 나. 우리 2인조는 꽤 괜찮은 팀이라고 생각한다. 우리는 밖에서 일어난 좋고 나빴던 일들에 대해 서로에게 설명하는 것을 귀찮아하지 않는다. 아내는 직장인이고 나는 예술인 혹은 프리랜서. 삶의 형태가 많이 다르고 스트레스의 원천 같은 것도 다르지만 최대한 서로의 삶을 설명하려고 노력하고, 또 이해해보려 노력한다. 그 모습들이 서로에게 위로가 된다. 가수 이적 씨는 그의 노래 '다행이다'에 '되지 않는 위로라도 할 수 있어서 다행이다'라고 적지 않았나. 우리의 위로는 완벽하지 않지만, 그 완벽하지 않은 위로를 건넬 수 있는 서로가 있어 다행이라고 생각한다.

　나는 아내가 회사라는 조직 안에서 겪는 불합리하거나 짜증 나는 일들을 100퍼센트 이해하지 못한다. 그러나 그 상황에서의 아주 적확한 처방을 알고 있다. 내용을 다 몰라도 감정을 이해하는 것은 가능하다. 아내의 감정에 최대한 공감을 해준 다음에, 그 사건의 원흉을 향해 너무 살벌하지는 않지만 찰진 욕설을 뱉어준다. 그리고 최대한 빠르게 집 근처 고깃집에 가서 불판을 사이에 두고 마주 앉아 고기를 굽는다. 입은 짧고 잠이 많은 아내는 삼겹살에 소주를 조금 먹고 집에 돌아오면 금세 잠이 든다. 그렇게 꿀잠을 재우고 나면 어지간한 스트레스는 회복이 되곤 한다.

　나는 극도로 스트레스를 받았을 때면 혼자만의 시간을 필요로 하는 편이다. 나를 힘들게 하는 그 사건에 대해 개괄적으로 설명을 마친 뒤에는 함께 거기에 대해 많은 이야기를 하기보다는 일단 모든 일을 잊어버리고 나중에 몰아서 혼자 정리하는 방식으로 해결을 하는 편이다. 아내도 그런 나의 성향을 잘 알고 있어서 사건을 깊이 파고들기보다는 대화를 즐거운 방향으로 이끌어가 주고, 그 뒤에 나만의 시간을 보장해주곤 한다. 아내가 잠든 시간을 이용해 간단히 혼술하며 이래저래 생각을 곱씹어보면 대부분의 일은 해결이 된다.

집안일에 있어서 만큼은 100퍼센트 잘 맞는 콤비라고 할 수만은 없을지도 모르겠다. 솔직히 말하면 나보다 아내가 청소를 조금 더 한다. 그것은 내가 가부장적이라거나 집안일에 의욕이 없기 때문은 아니고, 집안이 더러운 정도에 대한 기준이 조금 다르기 때문이다. 내가 볼 때 깨끗하게 유지되고 있는 거실이 어느 날 아내의 눈에는 혼돈의 상태로 보이곤 하는 때가 있다. 그럴 때 답답한 마음에 먼저 청소기를 집어드는 경우가 많고, 그 부분에 대해 미안하게 생각하고 있다. 그러나 굳이 나 자신을 변호하자면, 나는 아내보다 요리를 잘한다. 아내가 해준 요리도 맛있지만 내 요리가 좀 더 가지 수가 많고 빠르다. 아내가 거실 청소를 하는 동안 나는 참치김치찌개를 끓이고 계란말이를 하나 예쁘게 말 수 있으니, 완벽하지는 않아도 괜찮은 콤비플레이를 보이고 있다고 할 수 있지 않을까.

그럭저럭 서로를 잘 이해하며 좋은 팀을 꾸려가고 있는 우리는 이대로도 행복하지만 문득 문득 떠오르는 물음

표가 하나 있다. 만약에 우리라는 팀에 한 명의 구성원이 더 생긴다면? 그러니까 우리에게 아이가 생긴다면 지금과 마찬가지로 행복할 수 있을까? 우리의 양가 부모님께서는 다행스럽게도 지난 일년간 한 번도 우리의 2세 계획을 재촉하거나 거기에 대한 부담감을 주신 적이 한 번도 없었다. 이런 의문은 그냥 우리 스스로가 떠올리는 것이다. 우리는 서로 아주 화목한 가정에서 자랐다는 것을 다행으로 여기고 있다. 처가 부모님은 여전히 금슬이 좋으시고, 우리 집도 어머니가 일찍 돌아가셨다는 점이 슬픈 일이지만 그전까지는 부모님 간의 사이가 다정했다. 양가 모두 형제간의 우애 역시 돈독한 편이다. 아내는 언니, 남동생과 온 마음을 터놓고 이야기를 나누곤 한다. 나 역시 살가운 오빠는 아니지만 여동생과 대화가 비교적 많은 편이고 다툼은 적은 편이다. 화목한 가정에서 성장하였다는 것은 세상에 그런 가정이 하나쯤 더 있어도 좋겠다는 생각을 갖게 만들었다. 그것은 다시 말해 우리도 그런 형태의 가족을 이루어도 괜찮겠다는 생각이고, 우리의 부모님이 우리와 형제자매들을 낳았듯, 우리도 아이를 낳아보면 어떨까 하는 상상으로 직결되는 것이다.

우리는 결혼을 준비하는 과정에서부터 일단 한 가지 명제에는 합의했다. 아이를 갖게 되면 신혼 시절은 돌아오지 않으니, 일단 적어도 일 년 정도는 우리만의 시간을 누리자는 것이었다. 일 년을 둘이 보내보고, 그것으로 부족하다면 또 일 년을 더 보내고, 그 이후에 다시 아이를 갖는 문제에 대해 논의하기로 한 것이다. 그 일 년간 우리는 여행도 많이 다녔고, 둘만의 즐거운 추억을 많이 쌓을 수 있었다. 그런데 나는 그 와중에도 자꾸만 우리에게 아이가 있는 모습을 상상하곤 했다. 우리가 함께 술을 마시러 자주 가는 친구 집이 한 군데 있다. 선비와 경혜 부부인데 사실 나는 그 집에 그 두 친구가 보고 싶어 가는 날보다 그 둘의 딸, 여섯 살 다온이를 보러 가는 날이 더 많았다. 삼촌! 하며 안기는 귀여운 다온이는 존재 자체가 내게는 아이를 낳으라는 일종의 부추김이었다. 뿐만 아니라 인스타그램 속 수많은 친구들은 저마다가 낳은 아이들을 하루가 멀다고 자랑하고 있었다. 디즈니 만화 라이온킹에서 아기 사자 심바가 탄생하던 날 천지만물 앞에서 그 귀여움을 자랑하던 그 장면처럼. 단지 귀여운 모습뿐만 아니라 그 아이들이 성장을 하고 부모와 유대감을 쌓아가는 모습을 보며 내 가슴속에도 뭔가 로망이라는 것이 끓어오르기 시작했다. 물론 나는 밤잠 설쳐가며 수유를 해본 적도 없고, 아기 기저귀 한 번 갈아본 적도 없는 육아 문외한이고, 내가 보는 모습들은 출산과 육아의 밝은 면뿐이지만, 나와 아내로 구성된 이 괜찮은 2인조라면 우리가 아직 모르는 어려움들도 그럭저럭 이겨낼 수 있지 않을까 하는 생각이 들었다.

그런 생각들을 하는 동안 시간은 쏜살같이 흘렀고, 어느새 우리가 처음 이야기했던 시간인 1년이 다가오고 있었다.

3.
여행의 목적

정확히 말하면 아직 우리가 이야기한 1년은 되지 않았고, 10개월쯤 되었을 무렵이었다. 아이가 있었으면 하는 생각이 그렇게 간절한 것은 아니었는데 어차피 가질 거라면 지금도 괜찮은 시기가 아닐까 하는 생각이 들었다. 아내에게 아이에 관한 이야기를 꺼내고 싶었는데, 나는 그것이 조금 어려웠다. 일단 너무나도 단호한 느낌, 혹은 강요로 들리지 않기를 바랐다. 아이가 태어나면 우리에게는 삶의 변화가 일어날 텐데, 아무래도 나보다는 출산의 당사자이기도 하고 정규직 회사원이기도 한 아내가 더 많은 변화를 감내해야 하리라는 것을 예상할 수 있었다. 그래서 그 변화를 아내 스스로 선택하도록 하는 것이 옳다고 생각했다. 아이에 관한 나의 이야기는 단지 하나의 제안이어야 하지, 꼭 그랬으면 좋겠다는 식은 아니어야 한다고 생각했던 것이다. 한편으로는 툭 던져보고 마는 식의 무책임한 제안도 아니었으면 했다. 상대에게 부담이 가지 않는 선에서 책임감을 담아 건네는 제안. 말과 글로 먹고산다고 해도 좋을 내 입장에서도 쉽지 않은 일이었다.

그런데 그런 내 걱정이 무색하게도, 아내가 먼저 이야기를 꺼냈다. "오빠, 나는 오빠 닮은 아기가 있으면 좋을 것 같아." 내가 머릿속으로 출산과 육아에 대한 온갖 시뮬레이션을 돌려보는 동안 아내 역시 상상력을 총동원해서 엄마가 되는 것에 대해 생각 중이었던 것이다. "꼭 나를 안 닮아도 되지만, 나도 좋을 것 같아." 그런데 순조롭게 아이를 갖는 방향으로 나아갈 줄 알았던 대화는 다른 방향으로 흘러갔다. "그런데 걱정돼." "뭐가 제일 걱정돼?"

"나는 지금처럼 여행도 다니고 자유롭게 재밌게 지내고 싶은데, 아이가 있으면 힘들지 않을까?" 인생을 통틀어 가장 사랑하는 일이 여행이라고 해도 거짓이 아닌 아내이기에 그 마음을 이해할 수 있었다. 아이가 생기는 순간부터 몇 년 정도는 아무래도 여행을 한 번 가려 해도 커다란 제약이 따를 것이고, 그 이후의 여행도 우리가 그동안 경험했던 것과는 다른 결을 가지게 될 테니 말이다. "그래, 조금 더 생각해보자."

며칠을 더 고민하다가 나는 다시 이야기를 꺼냈다. 이번에는 조금 다른 방향으로 이야기를 꺼냈다. "우리, 여행 가자. 이후에 한 몇 년 여행을 못 간대도 미련이 남지 않을 만큼 제대로, 멋있게. 원 없이 즐기고 와서 한 번 시도해보자. 아기." 아내의 걱정을 그저 새로운 설렘으로 슬쩍 덮어두는 식의 이야기 방식이었지만, 아내는 활짝 웃었다. "그래! 좋아! 어디로 갈까!" 핵심은 여행이 아니라 아이를 갖기로 한 결정이었지만, 때로는 이런 달달한 것들이 어려운 선택을 돕기도 하는 법이다.

여행지는 호주로 정했다. 특별한 이유가 있었던 것은 아니고, 일정이 8월 말이었기 때문이었다. 긴 여름에 지쳐 있었으니, 선선한 기후를 띄고 있을 남반구로 떠나보는 게 어떨까 하는 아이디어가 떠올랐을 뿐이었다. 경제적으로나, 일정 문제로 보나 9일간의 호주 여행을 준비하는 것은 쉽지 않았지만, 이 여행이 갖고 있는 의미를 생각하면 조

금 무리할 필요도 있다는 생각이 들었다.

9일 동안 시드니와 골드코스트를 여행했다. 여행하는 내내 우리는 아름다운 풍광과 깨끗한 도시에 감탄하며 이런 이야기를 나누었다. "아이를 키운다면 이런 데서도 한 시절은 키워보고 싶어." 이런 이야기를 할 때마다 이 여행의 목적에 대해 떠올렸다. 단순히 둘이 놀기만 하러 간 여행이 아니라, 조만간 크게 달라질 삶에 대한 청사진을 함께 그려보려 떠난 여행. 앞으로의 일을 결정하고 나니까 우리는 서로 편하게 출산과 육아에 대한 생각을 나누며 여행을 즐길 수 있었다. 그리고 시간이 지난 지금 생각해 보니 무엇보다 실컷 놀다 오길 정말 잘했다는 생각이 든다. 아이를 가지면 아내는 술도 못 마시고 산을 오르기도 힘들고, 멀리 떠나는 것 자체도 부담이 될 것이고, 못 하는 것 투성이가 될 테니 말이다. 그런 것을 원 없이 해 보았다는 것은 앞으로의 과정에 있어서도 큰 위안이 될 수 있을 것이다.

신혼여행에서 아이를 갖는 부부도 많고, 아이를 갖고 태교여행을 떠나는 부부도 많다고 들었다. 그런데 나는 나보다 늦게 결혼한 친구 부부들에게 항상 권한다. 임신 전에 한번 신나게, 후회 없이 놀다 오는 것도 좋다고. 임신, 육아, 출산의 어려운 과정들을 돌파해낼 수 있는 큰 원동력이 될 수 있으니 말이다.

4.

너를 만나기 위한 노력

정말로 마지막인 것처럼 호주 여행을 즐기고 돌아왔을 때 우리는 서로를 바라보며 이제 노는 것에 대해 더 이상 아무런 미련이 남지 않았다고 자신 있게 이야기할 수 있게 되었다. 본격적으로 아기를 만나기 위한 노력을 시작하는 일만 남았다. 그런데 그 노력에도 다양한 전략이 있을 수 있다는 것을 예전에는 알지 못했다.

우선 임신을 위한 노력은 상대적으로 소극적인 방식이 있고 적극적인 방식이 있다고 생각한다. 소극적인 방식이라면 단지 피임을 중단하는 것. 자연스레 분위기가 조성될 때 사랑을 나누고, 그러다 보면 언젠가는 자연스레 아기가 찾아올 것이라 믿는 것이다. 그리고 적극적인 방식이라면 아내의 배란일과 가임기를 다양한 방법으로 계산하여 보다 전략적으로 임하는 방식일 것이다. 두 방식에는 장단점이 있다. 소극적인 방식은 부부간의 로맨틱한 순간들을 지켜낼 수 있다는 장점이 있는 반면 언제 올지 모르는 아이를 마냥 기다려야 한다는 단점이 있다. 적극적인 방식은 아이를 만날 수 있는 확률을 높일 수 있는 반면 부부 관계가 다소 숙제처럼 여겨지게 된다는 단점이 있다. 실제로 어떤 임신 관련 인터넷 커뮤니티에서는 부부 관계를 일컫는 은어로 숙제라는 말을 사용하기도 한다. 우리가 택한 방식은 적극적인 방식으로 '숙제'를 해 나가는 것이었다. 두 가지 이유가 있었다. 막상 아이를 갖기로 마음먹으니까 하루라도 빨리 아이를 만나고 싶어졌다. 그리고 당시 아내는 과중한 회사 일로, 나는 그 무렵 갑자기 늘어난 공연과 강연 스케줄로 체력적인 부담을 겪고 있었기에 서로의 체력을 효율적으로 사용하는 것이 좋겠다는 생각이 들었던 것도 있었다.

여기서 주의해야 할 점은, 적극적으로 임신을 노리는 방식을 선택할 경우에는 더더욱 사려 깊고 조심스럽게 부부 관계를 가져야 한다는 것이다. 자칫 서로의 몸이 단지 아기를 갖기 위한 도구처럼 느껴져 마음의 상처를 받을 수도 있기 때문이다. 지금 우리에게 임신이라는 목적이 있는 것은 사실이지만 내가 당신을 얼마나 사랑하고 있는지만큼은 아무리 표현해도 부족하지 않을 것이다.

적극적이고 치밀한 방식으로 임신을 준비하는 것은 결국 정확한 타이밍을 맞추어 관계를 갖는다는 것이다. 그 타이밍을 아는 방식도 여러 가지가 있다. 첫 번째 방식은 우리가 첫 번째 달에 시도했던 방식인데, 생리 주기를 계산하여 아내의 배란일과 가임기를 추정하는 것이다. 우리는 생리 주기 애플리케이션의 도움을 받아 확률이 높은 타이밍을 계산했다. 애플리케이션이 지정해준 배란 예상일을 기준으로 배란일 전 3일, 배란일 후 2일 정도를 가임기로 보는 것 같았다. 이 방법의 단점은 월경과 배란이 칼같은 주기를 지켜 이루어지지 않는다면 오차가 발생할 수 있다는 것이다. 우리의 경우 이 방법은 성공하지 못했다. 적절한 날짜라고 생각되는 때가 있었는데, 그 무렵 무언가 변수가 있었던 모양이다.

다음 방식은 배란테스트기를 이용하는 방식이다. 우리

가 두 번째 달에 시도한 방식이었다. 소변검사를 통해 여성의 호르몬 변화를 감지하는 배란테스트기라는 물건이 존재한다는 것은 이번에 처음 알았다. 이 역시 스마트폰 애플리케이션의 도움을 받았다. 배란테스트기와 연동되어 호르몬 수치를 기록해주는 애플리케이션이 있었던 덕분이다. 아내는 약 2주간 매일 검사를 진행했고 그것을 통해 평소보다 조금 늦었던 배란일을 계산해낼 수 있었다. 그 날짜를 기준으로 노력해 보아야 하는 것인데, 이마저도 실패한다면 바로 다음 수단을 동원할 생각이었다. 그것은 바로 가장 정확할 수 있는 방식인데, 산부인과를 찾아 임신 확률이 가장 높은 날짜를 받아 '숙제'를 하는 것이다. 결과적으로 우리는 그 수단까지는 동원하지 않아도 괜찮게 되었다. 두 달째의 노력이 결실을 맺었기 때문이다. 우리에게 결실을 안겨준 그 날은 배란테스트기를 통해 알게 된 배란일의 이틀 전이었던 것으로 추정한다.

부부가 피임을 하지 않고 정상적으로 부부 관계를 함에도 불구하고 1년 이내에 임신하지 못한 경우를 '난임', 또는 '불임'으로 정의한다. 우리 부부가 난임 부부가 될 가능성에 대해서도 우리는 충분히 생각하고 있었다. 요즘

세상에 너무나도 흔한 일 아닌가. 만약 아이가 1년 동안 찾아오지 않는다면 난임 치료를 진행할지에 대해서는 약간의 고민이 있었다. 아이를 만나고 싶은 마음이야 너무나도 확고하지만, 그렇다고 해서 여성에게 커다란 고통이 따른다는 난임 치료를 아내에게 강요하고 싶은 마음은 없었다. 차라리 그냥 주변에 있는 많은 딩크족 부부들처럼 둘이서 재미나게 지내면 되지 않을까 하는 생각도 있었다. 그러나 이런저런 생각과 걱정이 무색하게도 우리는 너무나도 순조롭게 아기가 찾아와 주었다는 소식을 접할 수 있었다. 우리 둘 다 운이 좋았다고 생각한다.

산부인과에 가면 간절한 표정으로 대기하고 있는 난임 부부들을 쉽게 만날 수 있다. 내 주변에도 쉽사리 찾아오지 않는 임신 소식에 초조해 하고 있는 부부들이 있다. 그들에게도 하루빨리 행복한 소식이 날아들길 진심으로 기원한다.

5.
코코의 발견

우리의 결혼기념일은 10월 29일. 이제 막 첫 번째 결혼기념일이 되었던 그날 밤, 나는 소파에 누워 한가로이 유튜브를 보고 있었다. 아내는 일박이일 일정으로 멀리 사는 친척의 결혼식을 다녀와 쉬는 중이었다. 멍하니 화면을 바라보고 있는데, 아내가 갑자기 텔레비전 리모컨을 들더니 음소거 버튼을 눌렀다. "오빠." 아내가 갑자기 진지한 얼굴로 나를 불렀다. 이럴 때면 나는 급속도로 불안해지면서, 내가 뭔가 잘못한 것이 없는지 머릿속 기억을 뒤져야 한다. "응?" 대답을 했는데도 아내가 당장 말이 없다. 이

건 뭔가 크게 잘못된 것이다. 그런데 이상한 건, 아내가 싱글싱글 웃고 있다는 것이었다. 조금 뜸을 들이더니 아내가 뜻밖의 말을 꺼내 놓았다. "나 임신한 것 같아."

아내의 임신 소식을 알게 되는 순간, 드라마 속 남편들은 신이 나서 펄쩍펄쩍 뛰거나, 아내를 껴안고 입을 맞추거나 하는 등 온갖 호들갑들을 떨던데, 나는 누운 자세 그대로 눈만 꿈뻑거리고 있었다. 도무지 상황 파악이 되지 않은 것이다. 임신을 한 것 같다고? 그게 멍하니 쓰잘데기 없는 동영상을 보다가 들어도 되는 말인가? 아니 그리고, 한 것 같은 건 또 뭐지? "뭐?" 다시 되묻자 아내는 웃으며 임신테스트기를 보여주었다. "우리 아기 생긴 것 같다고." 임신테스트기에는 새빨간 줄 하나가 보였고, 그 옆에 희미하게 붉은 줄 하나가 더 보였다. 그제야 나는 무슨 일이 일어났는지 깨닫게 되었다. 내 계획은 임신 사실을 알게 되면 아내를 가만히 안아주는 것이었는데, 나는 그런 것은 까맣게 잊은 채 아내의 얼굴만 가만히 바라보며 얼어붙어 있었다. 그러다 문득 눈앞에 뜨거운 것이 어른거렸다. 왜 눈물이 나오려 했는지는 지금까지도 모르겠다. 기뻐서 그랬는지, 놀라서 그랬는지. 확실한 건 두렵다거나 당혹스럽

다거나 한 부정적인 감정은 아니었다는 것이다. 쏟아지려는 눈물을 가까스로 참아내고 나서야 나는 아내를 가만히 안아주었다.

아내는 신이 나서 그간의 이야기를 무용담처럼 늘어놓았다. 원래 우리처럼 날짜를 맞춰서 아이 계획을 세운 경우 임신 테스트는 배란일을 기준으로 보름쯤 후에 해 보는 것이 맞는데, 아내는 괜히 조바심이 나서 배란 후 열흘째 되던 날쯤부터 임신 테스트를 하고 있었다고 했다. 며칠간은 임신테스트기에 한 줄만 나타나더니, 바로 그저께쯤부터 아주 희미하게 두 줄이 보이기 시작했다고. 나는 관계를 갖고 대충 다음 날쯤 검사를 해 보면 코로나19 자가진단 키트처럼 선명한 빨간 줄 두 개가 보이곤 하는 것인 줄 알았는데, 그렇게 간단히 확인되는 문제가 아니었다. 충분히 시간이 지나야 임신 사실을 눈으로 확인할 수 있고, 그것도 처음부터 그렇게 뚜렷하게 보이는 것은 아닌 것이다. 아내는 신이 나서 어제 결혼식 피로연에서 모두가 술을 권하는데 가까스로 거절한 이야기를 무용담처럼 늘어놓았다. 자꾸 잠이 쏟아지고, 왼쪽 아랫배가 찌릿찌릿한 낯선 느낌이 든다는 이야기도 해 주었다. 나는 그런 아내가 기특하고 대단해 보이기만 했다.

　"오빠, 그렇다고 아직 확실한 건 아냐. 병원 가서 아기집 확인하기 전까진 단정 지을 수 없어." 일단 알았다고 대답은 했지만, 나는 자꾸만 마음이 들뜬 나머지 급기야 아직 확인도 되지 않은 아기의 태명을 짓기 시작했다. 흔하지도, 어렵지도 않은 태명을 고민하다가 나는 문득 우리가 지난 여행, 호주 시드니에서 보았던 귀여운 코알라들이 떠올랐다. "태명은 코코 어때? 코알라가 나무에 딱 붙어있는 것처럼, 딱 붙어있으라는 뜻이야." 아내는 나를 주책바가지 보듯 하면서도 그 이름이 마음에 든다고 말해주었다. 하필 일요일로 넘어가는 밤이었다. 빨리 주말이 지나고, 병원에 가서 아기집을 확인하고 싶은 마음이었다. 우리의 코코가 정말로 거기에 있는지 궁금해서 잠을 이루기가 힘들었다.

6.

코코의 발견 2

3주 6일

마음 조급했던 주말이 지나고 드디어 월요일 아침이 밝았다. 어찌나 그날을 기다렸는지, 나는 다섯 시쯤 일어났고, 아내는 세 시쯤부터 깨어 있었다. 매일 두 번씩 체크하고 있는 임신테스트기의 두 줄이 점점 진해지고 있다는 건 임신이 맞을 확률이 높다는 증거이지만, 그것만으로 단정 지을 수 있는 건 아무것도 없었다. 우리는 미리 검색을 통해 산부인과 한 군데를 알아 두었다. 집 근처에 있는 대형 산부인과였다. 병원의 진료 시작 시간은 여덟 시 반. 거의 그 시간에 맞추어 병원을 찾았는데, 이미 많은 산모들과 남편들이 병원 대기실을 가득 메우고 있었다. 서둘러 접수하고 대기실에 앉아 있는데, 내가 임산부–인지 아닌지 그때는 확실하지 않았지만–의 보호자로서 산부인과에 있다는 게 신기하기도 하고, 낯설기도 했다.

진료 순서를 기다리며 산부인과 대기실의 풍경을 둘러보았다. 그곳이야말로 수많은 사람들의 간절함을 비롯한 온갖 감정들이 뒤섞인 공간이 아닐까 생각이 들었다. 어떤 이들은 우리처럼 반가운 소식을 간절히 기다리고 있을 것이고, 어쩌면 어떤 이들에게는 그것이 반갑지 못한 소식일 수도 있겠다 싶었다. 어떤 이들은 주말 내내 혹시나 아이와 산모에게 좋지 못한 징후가 있지는 않았을까 걱정에 초조해 하고 있었을지도 모르고, 아이와의 만남이 임박한 어떤 이들은 그야말로 자신이 믿는 신을 향해 기도를 올리고 있었을지도 모른다.

드디어 우리의 순서가 되어 진료실에 들어갔다. 의사 선생님께 우리는 임신테스트기에서 두 줄을 확인했다고 말씀드렸고, 아내의 마지막 월경이 시작된 날과 끝난 날을 알려드렸다. 선생님께서는 바로 초음파 검사로 아기집을 확인해보자고 하셨다. 많은 남편들이 초음파 검사라

고 하면 텔레비전에서 본 것처럼 산모의 배를 통해 음파를 전달하는 복부초음파 검사만을 생각하고 있을지 모른다. 나도 당연히 그런 장면을 생각하고 아내와 함께 초음파 검사실로 들어가려 하는데, 간호사님께서 나를 막아서며 "남편분은 잠시 여기서 대기해주세요"라고 말씀하셨다. 알고 보니 임신 초기의 초음파 검사는 복부가 아니라 질을 통해서 이루어지는 질 초음파 검사가가 일반적이었던 것이다. 나는 검사실 입구에 앉아 의사 선생님과 아내의 대화 소리만으로 검사 결과를 가늠할 수 있었다. 잠시 시간이 지나고, 선생님은 말씀하셨다. "아직 아기집은 보이지 않네요. 임신 극초기라 이럴 수 있어요. 오늘은 피검사 진행할게요."

혈액검사실로 자리를 옮겼다. 간호사님께서 아내의 팔을 통해 혈액을 채취하셨다. 나는 아내의 팔에 반창고를 붙여주었다. 정말 남편 입장에서는 아무것도 할 수 있는 일이 없어 무력감에 빠지기 쉬운 곳이 산부인과인데, 옆에 붙어 앉아 반창고라도 붙여줄 수 있어서 다행이라는 생각을 했다. 혈액 검사는 hCG라는 호르몬 수치를 확인하기 위해서 이루어지는데, 결과는 30분쯤 후에 나왔다.

아내의 hCG 호르몬 수치는 100이라고 했다. 일단 이 수치가 발견되었다는 것은 수정이 이루어졌다는 것을 의미하지만, 임신이 안정적으로 이루어졌다는 것을 확인하기 위해서는 100 이상의 수치가 필요하다는 이야기를 들었다. 100은 다소 애매할 수 있는 수치였던 것이다. 병원에서는 이틀 뒤에 재검사를 받을 것을 권했다. 이틀 뒤에 호르몬 수치가 두 배 이상으로 뛰어올라 있다면 그때는 임신이 잘 이루어졌다고 볼 수 있다는 것이다. 어쩌면 오늘 아기집을 보고, 함께 신나게 환호할 수 있지 않을까 하는 기대감에 부풀어있었던 우리로서는 조금 아쉬운 진료 결과였지만, 서로 내색하진 않았다. 그 대신 나는 아내의 배를 바라보며 우스갯소리로 "코코, 빨리 집 지어 놔. 게으름 부리지 말고"라고 말했다.

그렇게 또다시 초조한 이틀이 시작되었다. 그날 저녁에 나는 친구 다경이와 병철이 형을 만나 저녁 겸 가벼운 한잔을 했는데, 차마 참지 못하고 우리의 상황에 대해 이야기했다. "나, 아빠가 될지도 몰라." 아무것도 확신할 수 없는 단계였는데, 둘은 벌써 환호하고 내게 축하 인사를 건넸다. 잔뜩 부풀었다 쪼그라들었다 하던 가슴이 친구들 때문에 더 요동치게 되었다. 이제 와서 아무 일도 아니었던 것으로 돌아간다면 너무나도 허탈할 것 같았다. 이렇게 말하면 너무나도 가소로운 일이지만, 그때 나는 이미 코코 아빠가 되어 있었다. 적어도 내 마음가짐은 그랬다.

드디어 수요일. 이번에는 진료실을 거치지 않고 바로 혈액검사실로 향했다. 예정대로 아내의 피를 뽑고 바로 병원 문을 나서 나는 집으로, 아내는 회사로 향했다. 결과는 나중에 전화를 통해 알려준다고 했다. 아내는 병원의 연락을 기다리며, 나는 아내의 연락을 기다리며 하루 종일 전화기만 부여잡고 있었다. 그리고 저녁이 되어서야 우리는 병원으로부터 결과를 들을 수 있었다. 호르몬 수치는 318. 지난번 결과에 비해 두 배가 넘게 뛰어오른 것이다. "수치가 무사히 더블링(두 배 이상이 뛰어오름)이 되었네요. 다음 주쯤 아기집 보러 오시면 될 것 같아요."

나는 그제야 안도의 한숨을 내쉴 수 있었다. 임신이 맞구나! 속으로 환호성도 질렀던 것 같다. 드디어 아내에게 이 말을 할 수 있었다.

"축하해."

47

7.
임신 알리기 1

4주 3일

　병원으로부터 아내의 임신을 확인하기 이전부터 아내는 부쩍 잠이 많아졌다. 원래도 열 시 반쯤이면 잠이 들기도 하는 체질이었는데, 언젠가부터 졸음이 쏟아진다며 아홉 시도 되기 전에 잠이 들기 시작했다. 아내가 잠든 시간이면 나는 유튜브에 업로드 되어 있는 온갖 임신과 출산 관련 영상을 섭렵하곤 했다. 각종 정보들과 육아용품 리뷰까지, 별의별 영상을 벌써부터 수능 앞둔 고3처럼 공부하다가 문득 '임밍아웃'이라는 단어가 눈에 들어왔다.

　'임밍아웃'은 '임신'과 '커밍아웃'을 합성하여 만들어

낸 은어이다. 임신 사실을 주변에 공개하는 일을 일컫는다. 그런데 커밍아웃은 성소수자들이 자신의 성 정체성을 공개한다는 뜻이고, 이는 조금 조심스럽게 다루어야 하는 영역이라고 생각한다. 임신 사실을 알리는 즐거운 일과는 어울리지 않기에 '임밍아웃'이라는 말은 바람직하지 않다고 생각한다. 그래서 나는 '임신 알리기'라는 말을 사용하면 어떨지 조심스레 제안해보고자 한다.

어쨌거나 내 의지와 무관하게 접하게 된 임신 알리기의 세계. 그곳은 별천지였다. IT강국 답게 유튜브에는 수많은 임신 알리기 영상들이 업로드 되어 있었다. 대부분은 남편과 양가 부모님께 임신 사실을 깜짝 공개하는 내용들이었다. 남편을 대상으로 한 임신 알리기는 이미 경험한 일이고, 나는 주로 양가 부모님께 이벤트와 함께 임신 사실을 알리는 영상들을 찾아보았다. 그리고 그것은 며칠간 나의 아주 중요한 취미생활이 되었다.

가족행사나, 다른 일을 핑계로 부모님을 불러낸 부부가 부모님께 작은 상자를 건넨다. 상자에는 작은 선물과 함께 아기집이 찍혀 있는 초음파사진 한 장이 들어 있다. 그리고 작은 카드에 이렇게 적어두었다. "할아버지, 할머니. ○○(태명)이에요~ ○○월(출산예정일)에 만나요~" 잠시 어리둥절하던 부모님은 잠시 상황 파악을 하시더니 잔뜩 동그래진 두 눈으로 부부를 바라본다. 어떤 부모님은 감동의 눈물을 흘리시고, 또 어떤 부모님은 박수를 치며 환호하시기도 한다. 이것이 전형적인 임신 알리기 영상.

나는 하루에도 몇 편씩 이런 영상을 보며 화면 속 부부와 부모님을 따라 눈물을 줄줄줄 흘리곤 했다. 이것이 이제 남의 일이 아니구나. 그리고 마침 이번 달에는 가족 행사가 여러 건 잡혀 있었다. 당장 이번 주말에는 어머니 제사가 있었고, 다다음주에는 장인어른 생신이 있었다. 그 다음주에는 우리 아버지 생신이 있어서 양가에 임신 알리기를 할 수 있는 기회는 얼마든지 있었다. 그런데 아직 아기집 사진도 보지 못하고, 삭막하게도 피검사 수치로만 임신을 확인한 우리가 지금 당장 임신 알리기를 하는 것이 현명한 일인지에 대해 의구심이 들었다. 결론부터 이야기하자면, 나는 참지 못하고 당장 예정되어 있었던 어머니 제사 때, 우리 아버지께 먼저 임신 알리기를 감행해버렸다.

그 날을 디데이로 잡은 이유는 몇 가지가 있는데, 일단 하루라도 일찍 이 기쁜 소식을 전하고 싶었다. 그리고 어머니 제사로 인해 울적해지실지도 모르는 아버지를 행복하게 만들어 드리고 싶다는 생각도 있었다. 마지막 이유는 나 역시 어머니 생각이 많이 날 것 같아서, 그날을 기쁜 소식으로 장식하고 싶은 욕심이 들었다는 것이다.

제삿날 오후, 여동생과 아버지, 나 셋이서 어머니의 제사상을 준비하고 있었다. 인터넷으로 주문한 제사음식 세트를 검수하고 나니 별로 할 일이 없었다. 소파에 앉아 텔레비전을 보다가 나는 무심한 듯 툭 하고 아버지를 떠보았다. "아버지, 작은 집에 정주 누나는 무사히 애기 낳았대요?" 아버지는 별생각 없이 대답하셨다. "응. 그 집 말고 저기 순구랑 운주도 최근에 다 애들 낳았다더라." 나는 이때다 싶어서 "어휴, 부러우시겠네"라고 이야기했는데, 아버지의 다음 말씀이 뜻밖이었다. "그런 건 하나도 안 부럽다." 약간 김이 샌 느낌이 있었지만, 괜히 나와 아내에게 부담을 주지 않기 위해 마음에도 없는 말씀을 하시는 것이라 생각하기로 했다.

해가 지고 식구들이 하나 둘 모이기 시작했다. 아내가 퇴근하고 아버지 댁으로 왔고, 작은 아버지 내외와 사촌 동생들도 어머니의 19주기를 기리기 위해 한 자리에 모였다. 준비해둔 제사상을 차리고, 향과 촛불을 피우고 제사를 지내기 시작했다. 누군가는 미신이라 할 수도 있겠지만, 제사 때 어머니께 절을 할 때면 나는 언제나 어머니께 전하고 싶은 이야기들을 마음속으로 건네곤 한다. 이번 제사 때는 오로지 한 가지 이야기만 꼭 전하고 싶었다. '부디 예정대로 내년에 코코를 무사히 만날 수 있게 엄마가 좀 도와주세요.' 그런데 커다란 문제가 하나 생겼다. 한 번도 아내 배 속의 코코와 어머니를 함께 생각해 본 적이 없었는데, 막상 어머니께 이런 이야기를 건네다 보니 만약에 지금 살아계셔서 이 소식을 아시면 얼마나 좋아하셨을까 하는 생각이 들었다. 그러더니 내 눈에 제멋대로 눈물이 차오르는 것이다. 어머니 제사 때니만큼 울 수도 있는 일이긴 하지만 지난 십몇 년을 한 번도 울지 않으며 보냈는데 이제 와 새삼스레 내가 울어버리면 온 식구들이 나를 왜 저러냐는 표정으로 바라볼 것이 뻔했다. 제사가 끝날 때까지 가까스로 눈물을 참아냈다.

모두가 순서대로 절을 마치고, 아버지께서는 말씀하셨다. "민구(나의 본명), 지방 태워라." 지방을 태우고 촛불을 끄는 것은 제사를 위해 찾아오신 고인을 다시 저세상으로 보내드리는 일. 나는 그때 아버지께 말씀을 드려야겠다 싶었다. "아버지, 엄마 보내드리기 전에 드릴 말씀이 있는데요." 온 식구들이 나를 쳐다보고 있는 것이 느껴졌다. "저희 아기 가졌어요."

솔직히 고백한다. 그때 갑자기 왈칵 눈물이 터지는 바람에 나는 사실상 "즈어히 흑흑 아기 가져줘요 끅끅" 이런 식으로 발음하고 말았을 것이다. 내가 갑자기 얼굴을 가리고 울자 아내도 갑자기 따라 울고, 모두가 당황한 가운데 아버지가 되물으셨다. "뭐?" 그때 작은어머니께서 박수를 치시며 외치셨다. "어머! 아기 가졌대요!" 일순간 우리 집은 2002 월드컵 16강 이탈리아 전 때 한국 국가대표 팀 안정환 선수가 골든골을 넣던 그때와 비슷한 분위기가 되었다. 모두가 박수를 치고, 우리 부부와 아버지께 축하를 건넸다. 여동생도 "대박사건!"을 외치며 거의 만세를 부르다시피 하였고, 할머니도 안방에서 나와 "아이고, 잘했다!"라고 말씀하셨다. 아버지의 얼굴은 제사상에 올린 사과보다도 빨개졌다. 웃음을 감추지 못하시며 아버지는 나의 아내의 어깨를 두드리시며 말씀하셨다. "고맙다." 그날 밤, 친척들의 득남 득녀 소식 따위 하나도 안 부럽다던 그분은 온데간데없었다.

저녁을 함께 먹으며, 약간 술에 취하신 아버지는 친구들만 만나면 얼마나 많은 손주 자랑에 시달려야 했는지를 토로하시며, 이제 당신도 친구들에게 코코 자랑을 할 수 있게 되었다고 신이 나서 말씀하셨다. 그리고 작은아버지, 작은어머니, 할머니께 아내는 몸조심해야 하고, 나는 아내를 잘 챙겨야 한다는 신신당부를 들으며 우리의 임신 알리기 1탄, '(코코의)친가 편'은 그렇게 눈물과 웃음 속에서 성공적인 듯 뒤죽박죽인 듯 마무리되었다.

8.

국가 공인 임산부

4주 6일

혈액 검사를 통해 코코의 존재를 확인했지만 사람이 눈으로 보지 않은 것을 믿기란 쉬운 일이 아니다. 병원에서 지정해준 다음 진료일까지 우리가 할 수 있는 일은 그저 임신테스트기를 계속 체크하며 점점 진해지는 왼쪽 선으로 코코의 존재를 확신하는 것뿐이었다. 이렇게 조바심 나는 시간을 갖지 말라는 의미로, 많은 사람들이 임신테스트기의 양쪽 선의 진하기가 비슷해졌을 무렵이 되고 나서야 병원을 찾는 것이 바람직하다고 이야기하는 것 같다. 임신 확인 후 5일째, 다음 진료까지는 일정이 많이 남아 있었고 임신테스트기의 양쪽 선은 이제 비슷한 붉은 색을 띄고 있었다. 우리의 조바심은 점점 심해지고 있었고, 아내는 결국 기다리기를 포기했다. 오전 업무가 끝나고 점심시간이 되자마자 회사 근처의 산부인과를 찾아가겠다고 했다.

점심시간이 끝날 무렵, 아내는 사진을 한 장 전송했다. 우리가 그토록 기다리던 초음파 사진이었다. 나는 사진 속 까만 점으로 보이는 아기집을 1초도 안 되어 찾아낼 수 있었다. 아기집의 크기는 47mm, 임신 5주 2일 차라는 진단을 받았다. 나중에 안 사실이지만 이 5주 2일이라는 날짜는 단지 아내의 마지막 월경이 시작된 날짜로부터의 계산이므로 아기의 성장 과정을 관찰함에 따라 조정되기도 한다. 어쨌거나 나는 우리의 염원대로 자그마한 집을 지어놓은 코코가 기특했다. 아버지께 초음파 사진을 보내드렸더니, 벌써 팔불출 할아버지가 된 아버지는 아기가 이쁘게 생겼다며 좋아하셨다. 사진 속 검은 점은 아기가 아니라 아기가 머물고 있는 집일 뿐이라는 건 당연히 아버지도 알고 나도 아는 사실이다. 그런데 내가 봐도 그 점이 참 예뻐 보였다. 행복한 오후였다.

아기집이 발견되었다는 것은 임신 확인증을 발급받을 수 있다는 의미이기도 하다. 이날 바로 확인증을 발급받았고, 아내는 비로소 공식적으로 임산부가 되었다. 이것은 여러모로 의미 있는 일이었다. 동네 보건소에 확인서를 들고 가니 임산부 등록을 해 주셨다. 나라에서 지원해주는 임신, 출산 바우처에 대한 설명도 받을 수 있었고, 엽산제와 철분제도 받을 수 있었다. 임산부 산전 검사도 신청할 수 있었는데, 이는 필수는 아니고 나중에 병원에서 받을 수도 있는 것이라 일단 넘어가기로 했다. 아내의 가방에는 이제 임산부 배지가 대롱대롱 매달리게 되었다. 그것을 볼 때마다 우리에게 일어난 일들이 실감 났다. 아내는 회사에도 임신 확인증을 제출했다. 우리나라 근로기준법에 따르면 임신 12주 이내인 초기 임산부와 임신 36주 이후로 출산이 임박한 임산부는 근로시간을 1일 최대 2시간 단축해 근무할 수 있다. 아내의 퇴근 시간이 두 시간 앞당겨지게 된 것이다.

아내가 공식적으로 임산부가 되었으니, 나도 좀 더 적극적으로 아내를 서포트 해야겠다고 마음먹었다. 사실 며칠 전 아내가 임신 사실을 고백한 날부터 가사노동에 있어서 나의 비중을 조금 올리기는 했다. 그런데 이제 아내가 단축근무를 하게 되고 집에 있는 시간이 늘어나게 되니 집을 더욱 청결하고 쾌적하게 유지해야겠다는 생각이 들었다. 청소 빨래 설거지 요리 등 각종 가사노동을 좀 더 빠릿빠릿하게, 짧은 주기로 해 나가려고 노력하기 시작했다. 어느 날 밤인가는 가을에서 겨울로 넘어가는 이 계절에도 불구하고 아내가 모기 때문에 잠을 못 자는 것이었다. 가뜩이나 하루 종일 피곤해하는 초기 임산부인데 감히 모기새끼가 단잠을 방해한다는 사실에 화가 나서, 다음 날 당장 방역업체를 불러 모기를 박멸했다.

친구들을 만나는 빈도도 상당 부분 줄였다. 사실 내 직업이라는 것은 혼자 작업실에서 글 쓰고 음악을 창작하는 업무가 대부분이고, 공연이나 강연을 통해서 관객을 만나기도 하지만 그것 또한 무대와 강단에서 홀로 되는 일이지 누군가와 생각과 감정을 교류하는 작업은 아닌지라 심리적으로 고립되기 쉽다는 단점을 가지고 있다. 그래서 주기적으로 약속을 잡고 일부러 친구들을 만나줘야 마음의 갈증 같은 것을 해소할 수 있다. 그런 핑계로 나는 친구들과의 만남이 조금 잦은 편이었다. 그런 만남의 횟수와 시간을 모두 줄인 것은 내 생활에 있어 큰 변화이다. 그러기로 마음먹은 것은 크게 두 가지 이유 때문이다.

우선 아내에게 저녁을 차려주고 싶다는 마음이 크게 작용했다. 단축근무로 인해 아내는 매일 오후 무렵이면 칼퇴근을 하고 집에 돌아와 저녁을 먹고 그것이 소화되기 무섭게 잠이 들곤 하는데, 어쩌면 생활에서 아주 큰 부분을 차지하고 있는 그 시간을 홀로 보내게 하고 싶지 않다는 생각이 들었다. 어쩌면 몸에 좋지 않은 것들이 들어있을지도 모르는 배달 음식으로 끼니를 때우게 하는 것도 싫었다. 그렇다고 요리 경험이 많지 않은 아내에게 직접 무언가 해 먹으라고 이야기하는 것도 무리한 일이었다. 매일은 아니라도 힘닿는 데까지 아내의 끼니를 직접 챙겨 보고 싶었다.

친구들을 만나는 것이 덜 재미있다는 생각을 하게 된 점도 친구들을 만나는 일을 줄이는 데 영향을 미쳤다. 친구들을 만나면 요즘의 관심사에 대해 이야기를 나누는 것이 보통인데, 나의 요즘 관심사가 무엇인가. 내 머릿속은 아내의 임신에 대한 기쁨과 기대와 걱정으로 가득하고, 내 마음은 새로운 만남을 준비하며 사춘기 소년 마냥 요동치며 변화하고 있지 않은가. 친구들만 만나면 코코 얘기를 하고 싶고, 자꾸 변해가는 내 모습에 대해 말해주고 싶은데 내 아내의 임신과 출산에 대해 나와 똑같이 관심 가져주는 친구가 어디에 있겠는가. 친구들이 여자를 만나고 썸을 타는 이야기를 해도, 아니면 밤새도록 내가 좋아하던 지저분한 이야기들을 늘어놓아도 나의 머릿속은 코코와 아내에 대한 생각들로 가득했다. 내가 이야기를 나누고 픈 그 토픽으로 원 없이 이야기를 나눌 수 있는 상대는 오직 나의 아내뿐이었다.

우리의 만남을 위해 앞으로 나와 아내, 그리고 코코가 넘어야 할 산들이 많이 남아 있다는 것을 안다. 문득문득 불안한 마음이 엄습하는 것도 사실이다. 그러나 우리 셋 다 각자의 변화로 혼란스럽고, 그 혼란을 서로의 존재로 이겨내고 있는 이 시절이 얼마나 소중한 시절인지 역시 나는 어렴풋이 알 수 있다. 우리는 잘해 나갈 거다.

9.
두려움에 맞서는 나날

5주 3일

아내는 처형을 만나러 다녀오겠다며 신난 얼굴로 외출을 했다. 처형은, 그러니까 아내의 언니는 아내의 둘도 없는 친구이기도 하다. 우리의 임신 알리기 2탄, '외가 편'의 디데이는 일요일이었는데, 그 계획에 도움을 받고 싶었고, 언니를 놀래켜주고 싶은 아내의 마음도 있었기에 아내는 금요일 오전에 따로 처형을 불러 임신 알리기 1.5탄, '이모 편'을 진행하기로 마음먹었다. 아내는 작은 상자에 '이모, 코코에요. 7월에 만나요~'라고 적힌 카드와, 초음파 사진을 넣어 들고 약속장소로 향했다. 그리고 임신 알리기는 성공적이었던 것 같다. 아내가 보내온 동영상 속 처형은 놀람과 기쁨이 뒤섞인 표정을 짓고 있었다. 그런데 문제는 그다음에 생겨났다.

나는 마침 아내와 처형이 만나고 있는 바로 그 동네에서 인터뷰가 한 건 있었다. 아내를 만나 함께 집에 오려고 전화를 걸었다. 그런데 아내의 목소리가 너무나도 어두웠다. 처형과 다툼이라도 있었던 것인지 걱정이 되어 캐물었지만, 아내는 만나서 이야기해주겠다며 전화를 끊었다. 잠시 후 만난 아내는 방금 전까지 있었던 일들에 대해 털어놓았다.

아내는 혹시나 심장 소리를 들을 수 있을까 하는 마음과, 하나뿐인 언니에게 첫 조카를 빨리 보여주고 싶은 마음에 처형과 함께 약속 장소 근처에 있는 한 산부인과를 찾았고 초음파 검사를 받았다고 했다. 그런데 의사 선생님께서 뜻밖의 이야기를 하셨다. "며칠 전에 보셨을 때 임신 며칠이라고 하셨죠?" 아내는 조심스레 대답했다. "5주 2일차였어요." 의사선생님은 심각한 표정으로 "아이가 며칠간 거의 자라지 않았네요"라고 말했다. 그리고 잔뜩 놀랐을 아내에게 최악의 경우에 대해 이야기하기 시작했단

다. 수술해야 할 수도 있다고. 나중에 알게 된 사실이지만, 그것은 오진 혹은 오판이었다. 마지막 월경 시작일로부터 5주 2일차였지만, 배란이 조금 늦었을 경우를 생각하지 않고, 초음파 속 아기집의 크기만을 보고 한 이야기였다. 어쨌거나 최악의 이야기를 들은 아내는 오랫동안 슬픈 얼굴을 하고 있었다. "병원을 여기저기 다니다 보니까 뭔가 정보가 꼬였을 수도 있어. 월요일에 다시 검사해보자. 아무 일 없을 거야." 말은 그렇게 했지만 나도 자꾸만 무서운 생각이 들었다. 그러나 내색할 수는 없었다. 코코를 직접 품고 있는 아내는 나보다 몇 배는 더 무서울 테니까.

아내가 일찍 잠든 며칠 전 밤이 떠올랐다. 그날도 나는 임신과 출산에 관한 정보를 유튜브를 통해 얻고 있었다. 그러다 유튜브의 지난 재생 목록을 보았는데, 나는 당황한 마음을 누를 수 없었다. 아내가 본 것으로 추측되는 지난 재생 목록에는 임신 중에 너무나도 가슴 아픈 일들을 겪어야만 했던 부부들의 슬픈 동영상이 몇 개 포함되어 있었다. 그것을 보고 나는 행여 우리에게 그런 일이 생기면 어쩌나 하는 두려운 마음이 생기기도 했지만, 그보다 코코를 품은 채 불안감에 휩싸여야 했을 아내의 마음에 대한

걱정이 밀려왔다. 잠든 아내의 얼굴을 보며 안쓰러운 마음이 해일처럼 밀려들었다.

　다양한 정보를 쉽게 얻을 수 있다는 것은 감사한 일이다. 그런데 그 중에 어떤 것이 옳은 정보이고 어떤 것이 틀린 정보인지 모든 것이 처음인 우리로서는 구별해내기가 어렵다. 옳은 정보라고 해서 모두 알아야 하는 것은 또 아니라는 생각도 든다. 어떤 것들은 모르고 넘어가도 좋을 이야기들이었다. 병원을 여러 군데 다니는 것도 장단점이 있는 일이다. 한 군데에서 잘못 판단한 것을 다른 곳의 의견을 통해 정정할 수 있다는 것은 장점이기도 하고, 여러 곳에서 얻은 정보들을 종합하는 과정에서 우리가 겪은 것처럼 혼선이 빚어지기도 하니 그것은 단점이라 볼 수도 있을 것이다. 병원 한 군데 가는 것도, 각종 매체를 통해 정보를 얻는 일도 아주 신중해야 할 것 같다는 생각을 한다.

　임신과 출산이라는 과정 속에서 보호자의 역할에 대해서도 생각해 보게 되었다. 나는 언제나 아내가 침착할 수 있도록 옆에서 도와야 한다. 그러기 위해서는 나부터 침착해야 한다. 아내의 불안과 두려움, 조바심 같은 감정에 공감하면서도 절대 내가 더 호들갑을 떨어서는 안 되고, 긍정적인 생각을 옆에서 불어 넣어줘야 하는 것이다.

다시 한번 가슴에 새겨야겠다. 아내는 온갖 두려움에 맞서 나보다 훨씬 더 어려운 싸움을 하고 있다는 걸.

10

임신 알리기 2

5주 5일

지난번 의사 선생님께 좋지 못한 이야기를 한 번 들었던 터라 불안한 마음으로 병원을 찾았다. 이번에는 처음에 갔었던 큰 병원으로 다시 갔다. 그동안 총 세 군데의 병원을 떠돌았는데, 그중에 유일하게 분만실이 있는 병원인 이 병원에 이제는 정착하고, 이곳의 의사 선생님을 주치의 선생님으로 삼기로 했다. 주치의 선생님께 자초지종을 설명드렸더니 선생님께서는 배란이 늦어 아기가 조금 천천히 자라고 있으며, 아기마다 자라는 속도는 다 다르니 걱정하지 않아도 좋다는 말씀을 해 주셨다. 초음파 검사를 통해 우리는 아기집과 함께 자리 잡고 있는 아주 자그마한 영양 주머니인 난황도 볼 수 있었다. 아기집이 잘 자라고 있다는 증거였다. 주치의 선생님의 말씀을 듣고 나니 그제야 우리는 서로 마주 보며 다시 웃을 수 있게 되었다. 그날 저녁에 나는 공연이 있었는데, 한결 편안한 마음으로 노래를 부를 수 있었다.

　내가 공연을 하는 동안 아내는 집에서 또 하나의 이벤트를 준비했다. 대망의 임신 알리기 2탄, '외가 편'이었다. 당장 다음날 곧 돌아올 장인어른의 생신을 기념하여 가족 모임이 예정되어 있었다. 그날을 임신 알리기 2탄의 디데이로 잡고 있었는데, 코코의 상태가 걱정되어 진행을 할지 말지 망설이고 있었던 중이었다. 이제는 병원에서 긍정적인 이야기를 들었으니 임신을 알리지 않을 이유가 없었다. 아내는 정성스레 두 장의 카드를 썼다.

　"할머니(할아버지) 안녕하세요, 내년 7월에 만나요. 건강하세요♡ 2023.11.12. 코코 올림"

　옆에는 초음파 사진도 꼼꼼하게 붙여 각각 예쁜 상자

에 담았다. 밤늦게 집에 돌아오니 아내는 상자 두 개를 고이 모셔두고 설레는 얼굴로 잠이 들어 있었다.

아침이 밝았고, 아내와 나는 함께 차에 탔다. 나는 오전에 방송 촬영이 한 건 잡혀 있어서 촬영장으로 가고, 아내는 거기서 멀지 않은 처가로 향했다. 카메라 앞에서 노래를 부르고 인터뷰하는 동안, 아내는 처가 안방에서 꿀잠을 잤다고 했다. 집에 오자마자 곤히 낮잠을 자는 딸을 보며 장인어른과 장모님은 의아한 생각이 드셨을지도 모르겠다. 촬영이 끝나고 처가에 도착하자마자 아내는 준비한 이벤트를 진행했다.

장인어른은 내 옆에 앉아 이야기를 나누고 계셨고, 장모님은 우리에게 싸주실 반찬들을 만들고 계셨다. 두 분을 소파에 나란히 앉으시라 말씀드리고 준비했던 상자를 건네 드렸다. 약속대로 처형은 휴대폰 카메라로 모든 상황을 찍고 있었다. 상자를 받고 어리둥절해하시는 두 분께 우리는 결혼 1주년과 장인어른 생신을 기념하여 작은 선물을 준비했다고 둘러댔다. 서둘러 상자를 열어보신 후 두 분은 준비된 카드를 펼치셨다.

장모님께서는 금세 카드의 내용과 초음파사진의 정체

를 파악하시고 너무나도 행복한 표정으로 박수를 치시고 쌍 따봉을 날리시기도 했다. 벌떡 일어나 대견한 딸을 안아주시더니 나에게도 다가와 안아주시며 말씀하셨다. "아이고, 장하다 우리 사위. 장해." 사실 이 기쁜 소식을 위해 내가 무슨 장한 일을 한 것이 있나 하는 생각이 들어 조금 쑥스러운 마음이 들었다. 장모님께서 덩실덩실 춤을 추시는 동안, 뜻밖에도 장인어른께서는 아무 말씀이 없으셨다. 그저 카드 속 글자들을 읽고 또 읽으시는 듯 가만히 바라보고 계실 뿐이었다. 아내는 의아한 표정으로 "아빠, 왜 아빠는 반응이 없어? 안 좋아?" 하고 채근했다. 장인어른께서는 말없이 웃어 보이시더니 말씀하셨다. "우리 딸이 아빠 생일 선물을 두 가지나 주네. 하나는 코코고, 하나는 세월이고." 항상 긍정에너지로 가득한 장모님께서 장모님다운 반응을 보여주셨다면, 감수성이 짙으신 장인어른께서는 나름 당신다운 반응을 보이신 것이다. "내가 할아버지가 된다는 게 믿어지지가 않네"라는 말씀도 여러 번 하셨고, 당신의 둘째 따님을 보며 "아-(경상도 사투리, 아이)가 아-를 낳네"라며 신기해하시기도 하셨다. 아내도 덩달아 센티 해져서 내게 말했다. "오빠, 인생의 1/3

이 지난 것 같아." 그러게. 모두의 인생이 그런 건 아니지만 어떤 인생은 나만을 생각하며 지내던 1/3과, 부모로서의 책임을 지며 사는 1/3과, 그 이후 다시 자유로이 지내는 1/3으로 나뉘기도 하는 것 같다는 생각이 들었다.

미리 사실을 알고, 병원에서 좋지 못한 이야기까지 함께 듣고 가슴 졸이면서도 아내를 열심히 위로해주던 처형은 그제야 내게 마음 놓고 축하한다는 말을 전할 수 있었다. 그리고 오늘 자리하지 못했지만 곧 결혼을 앞둔 처남(아내의 남동생)도 영상통화 너머로 축하의 박수를 보냈고, 예비 처남댁은 코코 평생에 길이 남을 첫 용돈을 보내주기도 했다.

나는 코코가 참 축복받은 아이라는 생각도 했다. 나와 아내의 결혼은 양가 모두에게 있어 개혼이었다. 코코는 할아버지인 우리 아버지에게나, 외할아버지 외할머니인 장인어른과 장모님에게나 첫 손주이기 때문에 아마 상당히 오랜 시간 모두의 예쁨을 독차지하며 자랄 것이다. 그 뿐인가, 벌써 조카 바보가 될 준비가 되어 있는 나와 아내의 형제자매들, 그러니까 고모, 이모, 외삼촌, 외숙모는 얼마나 전폭적인 사랑을 코코에게 쏟아줄 것인가.

바로 며칠 전 진행했던 어르신들을 대상으로 한 가사 쓰기 수업의 한 장면이 생각났다. 글감을 찾기 위해 자신의 삶을 곡선으로 표현하는 시간을 가졌는데, 한 어르신께서 질문하셨다. "선생님, 태어난 순간은 어느 정도 높이로 표현하면 좋을까요?" 나는 "글쎄요, 대부분 태어난 순간은 기쁜 순간 아닐까요?"라고 말씀드렸는데, 그 어르신께서는 이렇게 말씀하셨다. "그렇지도 않아요. 나는 집안 사정 때문에 태어나자마자 환영받지 못했어요." 그래, 모두가 이렇게 축복이 가득한 가운데 태어날 수 있는 것은 아니다. 그런데 코코는 그야말로 자신을 둘러싼 온 세상이 축복하고 환영하고 기뻐하는 가운데 탄생을 맞이할 수 있을 것이다. 그런 코코의 행복이 내겐 또 얼마나 커다란 기쁨일 것인가. 지금으로선 감히 상상도 되지 않는다.

11.

이깟 불운 따위

많은 미신을 믿는 건 아니지만, 새똥을 맞으면 로또를 사곤 한다. 새똥과 로또는 직접적인 관련이 없지만 운에는 총량이 정해져 있다는 것을 믿기 때문이다. 길을 가다가 새똥을 맞는 일은 보기 드물게 불운한 일이지만, 그만큼의 불운을 만난 다음에는 반드시 또 그만큼 희귀한 행운도 만나리라는 식의 믿음 말이다. 물론 새똥만 맞고 로또는 당첨이 안 되는 일이 부지기수이지만, 그럴 때는 나름 이렇게 적립된 또 하나의 불운이 모여 분명 나의 커다란 불행을 막아주겠거니 생각한다.

오늘은 정말이지 끔찍하게도 일진이 사나운 날이었다.

오후 무렵 일찌감치 스케줄을 마치고 돌아와 아내가 먹을 저녁밥을 짓고 있었다. 퇴근하고 돌아온 아내에게 냄비 가득 끓고 있는 카레와 매콤하게 볶아낸 소시지 야채 볶음을 자랑하고 있는데 전화가 한 통 걸려 왔다. 최근 함께 일하고 있는 강연 대행사의 담당자였다. 그 회사와 함께 기획한 토크콘서트는 최근 들어 나의 수입의 아주 큰 부분을 차지하고 있었는데, 우리의 클라이언트라 할 수 있는 대기업에서 일방적으로 나의 토크콘서트를 배제하겠다고 통보한 것이다. 나는 분명히 약 1년간 100회가량의 콘서트를 제안받았고, 그중 30여 회를 진행한 상황이었는데 이 시점에 일방적으로 나를 잘라낸 것이다. 그것도 대행사를 통한 일방적인 통보라는 아주 무례한 방식으로. 남은 70회 가량의 일정 때문에 고사해야 했던 일정이 한두 개가 아니었기에 나로서는 너무나도 커다란 손실을 마주하게 되었다. 어떤 프로젝트에서 타의로 중도 하차하게 된 경험은 처음이었기에 자존심도 많이 상했다.

아내와 밥을 먹으며 상황을 설명했다. 당장 벌이가 줄더라도 나는 새로운 창작을 위한 시간을 확보했다고, 전화위복의 기회로 삼겠다고 말했다. 언제나 내 편인 아내는 함께 분노해주며, 이참에 읽고 싶었던 책도 원 없이 읽고 쓰고 싶었던 글들도 잘 써보라고 격려해주었다. 잔뜩 상한 마음을 그렇게 애써 달래고, 미리 약속되어 있었던 고등학교 시절 친구들을 만나려고 잠시 집을 나섰다. 아내의 격려만큼 친구들과의 유쾌한 대화도 내 마음을 추스르는 데 도움이 되리라 생각했다. 술을 마시지 않을 생각으로 운전해서 약속 장소에 갔고, 역시나 즐거운 대화를 나누며 아까 전의 불쾌함을 잊어버릴 수 있었다.

자리를 파하고, 방향이 같다고 할 수는 없지만 좀 더 이야기를 나누고 싶은 마음에 친구 둘을 차로 데려다 주기로 했다. 친구들과 이야기를 나누면서도 비에 젖은 길 위를 조심조심 달리고 있는데, 뜻밖의 사고가 일어났다. 갑자기 오른쪽 차선에서 주행하던 화물차 한 대가 가만히 직진하던 내 차를 덮친 것이다. 굉음과 함께 두 쇳덩어리가 충돌하고, 가까스로 균형을 잡은 뒤 차를 세웠다. 화물차는 200미터 정도를 더 가서 서 있었다. 정신을 부여잡고 화물차 쪽으로 다가갔다. 화물차 기사는 비틀거리며 내린 뒤 헛소리를 했다. "이건 내가 박은 차가 아닌데?" 도무지 무슨 이야기인지 파악이 안 되어 당황하고 있는

데 그의 풀린 눈을 보고 퍼뜩 스치는 생각이 있었다. "선생님, 혹시 약주 하셨습니까?" 추궁하니 소주 한 병 반을 마셨다고 실토했다. 음주운전 전력으로 집행유예 기간이니 신고만은 말아 달라는 그의 말을 무시하고 나는 경찰을 불렀다.

경찰서로 이동하여 진술서를 쓰고, 자정이 넘어서야 내 기분만큼 잔뜩 찌그러진 차를 타고 귀갓길에 오를 수 있었다. 혼자 운전해서 집에 돌아오는 길에 나는 뭐 이따위 하루가 다 있나 싶었다. 정규직은 아니었지만 어쨌거나 실직하고, 그날 음주운전 차량이 나를 덮쳐올 확률이 얼마나 되려나 생각했다. 그런데 한편으로는 이런 일 정도는 내게 일어나도 괜찮지 않은가 하는 생각이 들었다. 마음속에 간절한 무언가가 있을 때 그것과 무관한 불운이 닥쳐오면 하곤 하는 생각이었다. 어쩌면 내게 닥쳐올지도 모르는 불행을 막기 위해, 나의 간절함을 지켜내기 위해 이런 불운들을 적립해야 한다면, 나는 얼마든지 기꺼이 온몸으로 이보다 더한 불운도 맞이할 수 있다.

지금 내게 간절한 그것은 바로 코코의 심장 소리이다. 지난번 검사 때 우리는 아기집 한편에 자리잡고 있는 난황을 볼 수 있었지만, 아기집 안에 자리 잡고 있을 코코를 만나거나 코코의 심장 소리를 듣지는 못했다. 그 무렵이면 드물게는 심장 소리를 듣기도 한다는데, 그 기쁨은 다음으로 미루어야 했다. 아기 심장 소리를 듣는다는 것은 우리가 만나기 위해 넘어야 할 첫 번째 관문이라 할 수 있는 계류유산을 피해 갔다는 이야기이기도 하다. 계류유산이란 임신이 되고 초음파 검사를 통해 아기집을 확인하였으나 태아를 확인하지 못하는 경우, 또는 임신 초기에 심장이 뛰지 않는 태아가 자궁 내에 잔류하는 경우를 이야기한다. 2주 후로 예정된 다음 진료 때는 반드시 코코의 심장이 뛰고 있는 것을 확인해야 한다고 하니, 그러지 말아야지 하면서도 자꾸 마음이 조급해지는 것이 사실이다.

그래, 실직도 좋고 이만한 교통사고도 괜찮다. 매일 아침 집 앞에서 새똥을 맞아도 괜찮고 새 신발로 누군가 뱉어놓은 껌을 밟아도 괜찮다. 얼어붙은 길을 걷다가 꽈당 넘어져 꼬리뼈에 금이 가도 상관없고, 일평생 아무리 사도 로또에 당첨되지 않아도 좋다. 다음 주 화요일에 우리가 코코의 심장 소리를 들을 수만 있다면, 그 작은 형체에서 들려오는 우렁찬 심장 소리에 안도할 수만 있다면, 정말 너 거기 있었구나, 하며 반가운 마음으로 코코를 만날 수만 있다면. 정말 그럴 수만 있다면 나는 매일이 오늘 같아도 괜찮다.

12.

쿵쾅쿵쾅

6주 3일

나의 할머니도 아버지만큼이나 우리에게 코코가 온 일을 기뻐하셨다. 그런데 조금 의아했던 부분은 단 한 번도 코코의 사진을 보거나 코코에 대한 이야기가 나왔을 때, 코코를 코코라고 부르지 않으신다는 것이었다. 검은 점 하나 덩그러니 보이는 초음파 사진을 보면서 "어이쿠, 귀엽게 생겼네 우리 코코가"라며 너스레를 떠는 아버지에게 할머니는 "아직 그러지 마라"라고 진정시키기도 하셨다. 아마 할머니는 아직까지 코코가 제대로 자리잡지 못했을까봐 걱정이 되어서 그러셨을 것이다.

나도 가끔 그런 걱정을 했다. 지난 몇 주 동안 내가 본 것은 새까만 아기집뿐이었지, 그 안에 코코가 들어가 있는지 아닌지는 알 수가 없었다. 그냥 거기 있을 가능성이 크다고 하기에 있겠거니 한 거지, 눈으로 보지 않은 대상의 존재를 믿는다는 건 쉬운 일이 아니었다. 코코야, 코코야, 불러봐야 거기 있지도 않은 아이의 이름을 허무하게 부르고 있는 것이 아닌지 의심도 했다. 그래서 더 빨리 코코의 심장 소리를 듣고 싶었던 것 같다. 거기 있다는 확신이 내게 필요했던 것이다.

우리 둘 다 마음이 조급해서, 진료 예정일을 며칠 앞두고 병원을 찾았다. 사람이 많지 않았던 금요일 오후 다섯 시. 잠시 기다리자 간호사님은 아내의 이름을 불렀고 우리는 진료실로 들어갔다. 주치의 선생님과 간단한 이야기를 나눈 후 아내는 진료실 안에 있는 초음파 검사실로 들어갔다. 아내가 옷을 갈아입고, 검사가 시작되는 동안 혼자 남아 선생님과 아내의 대화 소리만 들으며 나는 잠시 두 손을 모아 빌었다. 딱히 신의 존재는 믿지 않았지만 이따금 절에 다니긴 했었기에 관세음보살을 읊조렸던 것도 같고, 이럴 때만 찾게 되는 돌아가신 어머니에게 우리를 좀 도와달라고 빌었던 것도 같다. 그리고 이윽고, 유튜브에서 몇 번이고 찾아 들었던 그 소리가 들려왔다. -쿵쾅, 쿵쾅, 쿵쾅, 쿵쾅

　생각보다 크고 또렷하게 들리던 그 소리를 듣자마자 나는 그 소리가 우리가 그토록 듣고자 했던 그 소리였음을 알 수 있었다. 빠르고 경쾌하게 들리는 셔플 리듬의 그 소리. 나는 기쁜 마음에 조용히 두 주먹을 불끈 쥐었다. 잠시 후 초음파실에서 나온 주치의 선생님께서 말씀하셨다. "들으셨죠? 심장 소리."

　다시 옷을 갈아입고 나온 아내와 나에게 선생님은 초음파 영상을 보며 몇 가지 설명을 해 주셨다. 영상 속 아기집은 지난번에 봤을 때보다 훌쩍 자라있었고, 그 안에 처음 보는 하얀색 물체가 보였다. "아기집 잘 자라고 있고요, 여기 하얀 부분이 아기입니다. 지금 6.4mm로 자리 잘 잡고 있어요. 아까 심장 소리도 들었고요, 122bpm으로 잘 뛰고 있어요. 현재로선 산모와 아기 다 건강합니다."

　병원에서 나와 주차장을 향하는 엘리베이터에서 아내와 나는 조용히 손을 꼭 잡았다. 서로에게는 늘 걱정말라고, 별일 없이 잘 자라고 있을 거라고 말은 했지만 사실 아

0122

내는 어쩌면 나보다 더 초조하고 두려웠을지 모른다. 집으로 돌아오는 차 안에서야 우리는 홀가분하다, 이제야 마음이 놓인다, 한시름 덜었다며 서로의 안도감을 이야기할 수 있었다. 이제는 코코가 우리와 함께 있다는 것이 어렴풋이 실감이 난다. 괜히 코코야, 하고 불러보기도 하고. 아내의 아랫배를 물끄러미 쳐다보기도 했다. 겨우 6.4mm의 자그마한 녀석이 그렇게 우렁찬 심장 소리를 들려주었다는 사실이 너무나도 대견했다. 아직 넘어야 할 산이 몇 개 더 남아 있지만, 우리 셋이 함께할 미래의 어느 장면을 문득 보기도 한 것 같다.

오늘은 2023년 11월 17일, 첫눈이 내리던 날이다. 영원히 잊지 못할, 코코의 소리를 처음 듣던 날. 나는 노래를 하나 만들어야겠다고 생각했다. 122bpm 정도면 제법 신나는 박자의 노래가 될 것 같다.

13

모든 것이 순조롭다

처음 코코를 만나고 심장 소리도 들은 지 나흘 정도가 흘렀다. 예기치 않은 방문이 있었지만 어쨌거나 정기검진 일이 되어 또다시 코코를 만나러 갔다. 초음파 검사 결과 코코는 그 사이 6.4mm에서 9mm로 자라 있었고, 심박수 도 122bpm에서 139bpm으로 증가했다. 심박수는 아기마 다 다르지만 보통 100 이상이면 걱정하지 않아도 된다고 하니, 여러모로 순조롭게 잘 자라고 있는 셈이었다. 또 반 가웠던 소식은 다음 진료부터 그간 해오던 질 초음파 방식 대신 복부 초음파로 검사를 진행할 수 있게 되었다는 점이 었다. 잘 알지는 못하지만 아내로서는 여러모로 편치 않은 검사였을 텐데 이제 한결 수월하게 검사를 받을 수 있게 되었다는 것도 좋았고, 다음부터는 나도 함께 검사실에 들어갈 수 있게 된 것도 기쁜 일이었다. 이제는 병원에 자주 오지 않아도 된다며 멀찌감치 진료일을 잡아주셨다.

양가 부모님께 코코의 심장 소리를 들려드리니, 모두 너무나도 기뻐하셨다. 며칠 전 아버지의 생신을 기념하는 식사 자리에서 아버지는 뜻밖의 고백을 하셨다. "물론 너희가 알아서 잘하겠지만, 나는 요새 티브이에 나오는 자막만 보면 한 글자씩 맞춰보면서 코코 이름을 짓고 있다." 아버지는 친구들과 술자리를 가지면 다들 워낙 손주 자랑들이 심해서, 손주 자랑하려거든 만 원씩 내고 손주 자랑하는 규칙이 생겼다고 말씀하셨다. 이제 아버지도 돈을 내고 자랑을 할 수 있게 되셨다며 즐거워하셨다.

장모님은 벌써 코코 먹을 음식을 해야 한다며, 하루 종일 음식을 만드시더니 그것들을 바리바리 싸 들고 한 시간이 넘는 거리를 지하철을 타고 달려오셨다. 우리 집에 도착하셨을 때는 벌써 아홉 시가 넘는 시각이었다. 잠시만 들어오셔서 차 한잔하고 가시라고 아무리 말씀을 드려도 우리들 쉬는 데 방해되신다며 고집스레 집으로 돌아가셨다. 그 뒷모습이 마음속에 오래 남았다.

시작될 듯 말 듯 하던 아내의 입덧이 시작되었다. 헛구역질이나 구토를 하진 않는데 자꾸 속이 울렁울렁거린다고 이야기한다. 이전보다 오히려 자주 무언가 먹고 싶어 하는데 이것이 일종의 '먹덧'인가 싶기도 하다. 그리고 신기하게도 식성이 변했다. 원래 아내는 고기를 아주 좋아했다. 매주 한두 번은 고깃집에서 지글지글 삼겹살을 구우며 스트레스를 풀곤 해서 이참에 자주 고기를 구워주려고 새로 가정용 불판도 하나 장만했다. 그런데 그것이 무색하게 고기 생각이 하나도 안나고, 오히려 고기 냄새를 맡으면 조금 메스껍다고 이야기한다. 오히려 채소가 잔뜩 들어간 비빔밥이나 김밥 같은 것을 즐겨 먹고 있다. 덧붙여 빈뇨 현상과 변비도 꽤 심해지고 있는 모양이다. 아내는 여러모로 고단하겠지만 여러 증상이 발현된다는 것은 아기가 잘 자라고 있다는 증거이기도 하다니, 미안한 만큼 내가 잘해야 하는 상황이다.

나 역시 약간의 변화를 겪고 있다. 일단 매사에 너그러워지고 있다. 어떤 불운한 일이 닥쳐도 최근 내게 일어나고 있는 불운과 행운의 총량을 비교해보면, 코코라는 치

트키 덕분에 항상 행운이 승리한다. 쉽게 화가 나거나 울적해지지 않는 게 신기하다. 그리고 좋은 인간이란 무엇인지에 대해 틈나는 대로 고민하게 된다. 나는 좋은 아빠가 되고 싶은데, 그러려면 좋은 인간부터 되어야 할 테니 말이다. 최근에는 운동을 슬슬 시작하고 있다. 늘 비대한 체형을 유지해온 내게 살이 찐 일은 사실 대단한 콤플렉스라고 할 것도 없는 일이라 딱히 날씬해지고 싶다는 생각 같은 건 안 하고 사는 편이다. 그런 목적 말고, 오래 건강하게 살아야 한다는 의무감으로 운동하기 시작했다. 유산소를 할 때는 코코의 자전거를 밀어주며 달리는 상상을 했고, 무거운 기구를 들 때는 코코를 들쳐 메거나 인간 비행기를 태우는 상상을 했다.

경제적인 문제에 대한 책임감도 느끼고 있다. 오늘 아침에는 아내가 산후조리원 정보를 수집해서 알려줬다. 보름 남짓한 기간 동안 지불 해야 하는 돈이 조리원에 따라 천만 원에 이르기도 하고 이백만 원 수준도 있다고 했다. 천만 원에 놀랐더니 아내는 이천만 원짜리도 있고 삼천만 원짜리도 있다고 했다. 사실 솔직히 말하면 비싼 조리원이나 상대적으로 덜 비싼 조리원이나 뭐가 얼마나 다른지도 나는 잘 모른다. 아내 역시 그렇게 비싼 곳을 원하지 않고 있으며, 우리 집의 재무를 항상 현명하게 챙기는 모습을 봐왔기 때문에 내가 크게 부담을 느낄 필요는 없는 상황이다. 그런데 남편 마음이라는 것이, 그리고 아빠 마음이라는 것이 천만 원짜리를 해줘도 이천만 원짜리를 못해준 게 마음 쓰이고, 이천만 원짜리를 해줘도 삼천만원짜리를 못해준 게 마음 쓰이는 법이 아닌가. 그래서 이제는 옛날 같았으면 껄끄러워서 안 받았을 일, 멀어서 안 받았을 일, 돈이 적어서 안 받았을 일 같은 걸 닥치는 대로 받아야겠다고 생각하게 되었다. 그렇게 살아도 전혀 문제 될 것 같지 않다.

나도, 아내도, 그리고 우리를 둘러싼 모든 이들도 조금씩 서툴다. 아마 코코도 하루하루 성장해나가는 일이 쉽지만은 않을 것이다. 그런데 나는 다 잘 될 것만 같다. 그냥 모든 것이 늘 지금처럼 순조롭기만 했으면 좋겠다고 생각한다.

14.

아들이면 좋겠어?
딸이면 좋겠어?

아기를 가졌다는 소식을 전하면 다들 성별에 관한 질문을 많이 한다. "아들이면 좋겠어? 딸이면 좋겠어?" 한때는 나중에 내게 아들이 있었으면 생각을 한 적도 있고, 또 언젠가는 아내에게 우리가 나중에 아이를 갖는다면 딸이었으면 좋겠다고 말한 적도 있다. 그런데, 요즘 나는 조금 뻔한 대답을 하고 있다. "막상 아이를 가지니까, 그런 게 하나도 안 중요해졌어. 그냥 튼튼하게만 나왔으면 좋겠어."

너무 모범답안 같은 대답이지만 결코 가식이 아니라 진심이다. 아들이고 딸이고는 중요하기는커녕 하나도 궁금하지도 않다. 너무 기쁜 일은 그런 내 마음에 아내도 동감을 표해주었고, 양가 부모님들도 같은 마음이라고 말해주신다는 점이다. 우리는 모두, 진심으로 코코의 건강한 탄생만을 바라고 있다.

　그런 이야기를 들은 적이 있다. 태어나고 자라며 부모에게 보여주는 예쁘고 귀여운 모습만으로도 그 아이는 평생의 효도를 다 한 것이라고. 나는 이 이야기를 조금 수정해도 좋다고 생각한다. 그저 우리에게 와 준 것만으로도, 기특하게 아기집을 만들고 심장 소리를 들려주고, 미래에 대한 온갖 꿈을 꾸게 해 준 것부터가 이미 효도라고 이야기하고 싶다. 거기에 나의 간절한 소망인 건강한 탄생까지 보여준다면 나는 이 아이가 남자건 여자건, 공부를 잘하건 못하건, 성격이 살갑건 무뚝뚝하건 내게 줄 수 있는 환희는 다 준 것으로 인정해주기로 이미 마음 먹었다.

　그러니까 건강하게만 태어나준다면 나는 아이가 내게 자잘하고 하찮은 불효들은 조금 저질러도 대충 넘어가 줄 용의가 있고, 행여나 괘씸하게도 나처럼 딴따라가 된대도 힘닿는 데까지는 밀어줘 볼 생각이고, 롯데자이언츠가 아닌 다른 야구팀을 응원한대도 야구장에 데려가 줄 것이고, 언젠가 아이가 아빠가 연주하는 음악은 구리고 웬 말라비틀어진 멸치 같은 녀석들이 하는 알 수 없는 음악들만 듣겠다고 해도 그 녀석들 콘서트 티켓 몇 장 정도는 구해다 줄 생각이 있다는 것이다. 코코 네가 건강하게만 태어나 준다면 말이다.

15.
젤리곰

요 며칠 아내의 입덧이 점점 심해진다. 가끔 과일이 먹고 싶다고 할 때는 어디서든 구해다 주면 되고, 먹고 싶은 요리가 있으면 해 주면 된다. 아내는 김치볶음밥, 김치찜 같은 김치로 만든 요리를 그나마 잘 먹는다. 얼마 전에는 한밤중에 붕어빵이 먹고 싶다고 했는데, 다행히 심야에도 붕어빵을 배달해주는 디저트 가게가 있어서 상황을 잘 넘길 수 있었다. 이처럼 뭔가 먹고 싶을 때는 큰 문제가 안 되는데, 문제는 불편함을 호소할 때다. 이유 없이 메스껍다고 하고, 내게는 나지도 않는 음식물 쓰레기 냄새가 난다고 할 때는 그 고통을 분담해줄 수 있는 방법이 없어 막막하다. 그래도 아내는 "입덧이 있다는 건 코코가 있다는 증거니까, 괜찮아"라고 의젓하게 말한다. 이렇게 어른스러운 아내 앞에서 아무 것도 해줄 수 없는 내가 무력하고 미안하다.

코코의 심장 소리를 확인한 날부터 병원에 이전처럼 자주 가지 않게 되었다. 병원에서도 이제는 2주에 한 번 정도 방문해서 상태를 살피면 된다고 하셨다. 우리 부부는 병원에 가서 코코의 모습을 보게 될 날만 기다렸다. 살면서 병원 가는 날을 손꼽아 기다린 적이 있던가. 병원이라는 공간이 이토록 설렘 가득한 곳이 될 수도 있단 말인가. 드디어 진료일이 되어 진료실에 들어갔다. "이번부터는 배로 보실 거예요." 복부 초음파 검사를 진행한다는 말씀이다. 아내가 누워있고 남편이 손을 잡고 함께 화면을 보는 드라마 속 그 장면, 이번부터 가능하다는 것이다. 검사실에서 아내의 손을 잡고 앉아 있으니 보호자로서의 책임감 같은 것이 더욱 강하게 느껴졌다. 이 감정이 무겁거나 두렵거나 한 것이 아니라, 오히려 사람을 조금 우쭐하게 만들기도 하는 것 같았다.

아내의 배에 젤 같은 것을 바르고, 초음파 검사기를 대자마자 화면에는 아내의 배 속 모습이 선명하게 펼쳐졌다. 그리고 어렵지 않게 코코의 모습을 확인할 수 있었다. 예전에는 보이지도 않았다가, 그다음에는 검은 점이었다가, 그다음에는 하얀 점이었던 코코. 너무나도 기특하게도 이제 제법 우리가 상상했던 태아의 모습으로 성장해 가고 있었다. 일단 육안으로 대충 봐도 머리와 몸이 구분되었고 몸 부분의 끝자락은 탯줄이 돋아나 자궁벽과 코코 사이를 든든히 연결하고 있었다. 잘 보이지는 않았지만 손과 발도 조그맣게 생겨났다고 했다. 병원과 임신 정보 카페 같은 곳에서 이야기하는 '젤리곰' 상태가 된 것이다. 정말로 그 모습이 귀여운 젤리곰을 닮았고, 크기도 2cm 정도이니 그 호칭이 잘 어울린다는 생각이 들었다.

아기 심장 소리는 들어도 들어도 놀랍다. 저 조그마한 몸 안에 더 작은 심장이 이토록 역동적인 소리를 내며 뛰고 있다니. 그것은 내게 건네는 어떤 메시지처럼 들린다. 내가 곧 당신을 만나러 갈게요. 이렇게 열심히 달려가고 있어요. 하는 메시지. 그리고 오늘 더욱 신비하고 경이로웠던 것은, 코코의 움직임을 처음으로 육안으로 보게 된 것

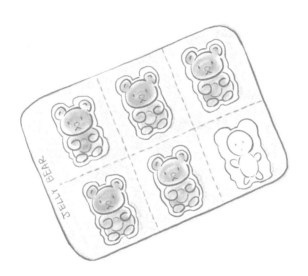

이다. 그 자그마한 젤리곰 같은 녀석이 꿈틀, 꿈틀하고 쉴 새 없이 움직이고 있었던 것이다. 한 사람의 인간이 되려고 이토록 치열하게 성장하고 있는 코코를 위해 나는 남은 기간 어떤 인간으로 성장해야 할까.

새로이 돋아난 저 작은 손에 세상 귀한 모든 것을 담게 해주고 싶다. 저 앙증맞은 발로 세상 좋은 모든 곳을 누비게 해 주고 싶다. 네가 자라는 만큼 나도 자라서, 좋은 아빠가 되고 싶다. 느긋하게 생각하고 싶지만, 너는 너무도 빠른 속도로 내게 다가오고 있다.

16

해 주지 않아도 될 말들

아내의 임신 사실을 인스타그램에 올렸다. 이제 내 주변의 거의 모든 사람들이 코코의 존재를 알게 되었다. 수많은 축하가 쏟아졌고, 또 그만큼 많은 조언들이 쏟아졌다. 대부분은 너무나도 감사한 것들이었다. 건강하게 만나자는 기원. 말에는 힘이 있다고 믿는다. 그 기원들로부터 뻗어 나온 힘들이 코코를 지키고 아내를 지켜줄 것이라고 생각하니 축하의 말들을 건네준 모두를 안아주고 싶었다. 그리고 마음속으로 약속했다. 그들의 염원이 헛되지 않도록 반드시 건강하게 우리 세 식구는 만날 것이라고. 그런데 때로는 듣기 버거운 말들이 있었다. 대개는 우릴 생각해서 해 주시는 말들이라고 하지만, 안 듣는 게 나았을 것들도 있었다.

우리에게 출산의 고통과 위험성을 굳이 상기시켜주시는 분들이 있었다. 산모가 겪게 고통과 후유증에 대해 지나치게 상세하게 설명하거나 그중 극심한 사례를 애써 알려주시는 분들. 그런 말들은 현재의 우리에게 전혀 도움이 되지 않고 있다. 앞서 글에서 이야기했듯, 임신과 출산이란 어쩌면 두려움에 맞서는 과정이 아닌가 생각할 때가 있다. 우리에게 다가올 수 있는 미래 중 안 좋은 것을 꼽자면 정말 한없이 안 좋을 수 있는 것이 임신과 출산이기에 우리는 늘 두렵다. 어떤 순간에는 그 두려움을 직시하는 것이 필요하지만, 다가오지 않은 좋지 않은 미래를 때로는 외면하는 것도 긴 싸움을 위해선 필수적인 전략이다. 그런 우리의 고개를 강제로 돌리고 눈을 억지로 띄워서 최악을 보여주는 것은 우리를 담대하게 만드는 것이 아니라 패닉 속에 빠뜨리는 상황을 만들기도 한다.

'이 정도는 해야 해'라는 부담감을 심어 주는 경우도 있다. 우리는 벌써 수많은 선택의 기로 앞에 섰다. 몇백만 원부터 몇천만 원까지 하는 산후조리원, 때로는 저렴하지만 한 번 눈을 돌리면 감당할 수 없이 커지는 여러 종류의 태아 검사, 부담해야 하는 금액도 보장 범위도 천차만별인 태아보험들까지, 아이를 가지고 몇 달 되지도 않았는데 이미 수많은 결정들을 해야 했다. 매번 어려운 점은 선택의 폭이 넓다는 것이지만, 때로는 그 덕분에 우리의 형편에 맞는 선택을 할 수 있기도 했다. 누구인들 매번 가장 높은 곳에 있는 가장 비싼 것을 고르고 싶지 않겠는가. 그러나 자본주의 사회의 임신과 출산은 높은 것은 한없이 높고 비싼 것은 한없이 비싸게 만들어 놓았다. 모든 선택은 형편에 맞게 이루어져야 한다. 수많은 갈림길 중 우리가 처한 여러 가지 상황, 코코와 아내의 상태, 우리의 소득수준, 그동안 해 온 준비들을 모두 고려하여 최선의 것을 선택해야 한다. 그런 것들은 알지도 못하면서 '그건 최소한 이 정도는 해야 해'라고 말하는 사려 깊지 못한 이들이 있다. 한 푼 보태주지도 않으면서 던지는 그 최소한이라는 말은 언제나 공허하고, 때로는 아이와 자신들을 위해 더 비싼 선택을 하지 못하는 예비 부모들의 마음에 생채기를 내기도 한다.

아들, 딸에 대한 지나친 관심도 조금은 불편하다. "아들이에요, 딸이에요?” 묻는 것이야 흔한 일이니 얼마든지 허용될 수 있다고 생각한다. 그런데 거기에 가치판단이 들어가면 문제가 발생한다. “요새는 그래도 딸이 대세죠”, “딸이 결국 부모한테 잘할 거예요. 아들은 소용없어요”, “그래도 남자는 등 밀어 줄 아들 하나 있어야 돼요”, “어릴 때 고생해서 그렇지, 키워 놓고 나면 아들이 든든하죠.” 이 모든 말들이 옳은지도 잘 모르겠고, 옳다고 한들 우리에게는 아들이나 딸을 선택할 수 있는 권리도 없다. 우리의 힘으로 되는 일이 아닌데 어쩌자고 이런 말씀들을 해 주시는지 모르겠다. 정작 나와 아내는 코코가 아들인지 딸인지 크게 궁금하지 않은데, 주변에서 오히려 불필요한 부추김을 통해 우리를 불편하게 만들곤 한다.

모든 것이 나름의 조언이고, 걱정돼서 하는 말이고, 나와 아내와 코코를 아껴서 하는 말이라는 것을 안다. 그러나 의도가 좋다고 해서 모든 말들이 좋은 결과를 가져오는 것은 아니다. 우리는 우리끼리 두려워하고 싶다. 우리끼리 고민하고, 우리끼리 선택하고, 우리끼리 행복한 결말을 맞이하고 싶다. 축하한다, 고생한다, 환영한다, 그 말만으로도 우리는 충분히 감사할 수 있다.

17.
대단한 사람들

연말을 맞아 친구들과 부부동반으로 짧은 여행을 다녀
왔다. 안면도에 있는 리조트의 커다란 숙소 하나를 빌려
네 쌍의 부부와 그들 슬하의 네 명의 아이들이 함께 묵었
다. 아이가 아직 태어나지 않은 부부는 우리뿐이었고, 다
른 친구들은 모두 아이들을 동반했다. 아이들은 여덟 살,
일곱 살로 제법 큰 아이들이 둘 있었고 23개월, 17개월의
귀여운 아기가 둘 있었다.

그 중 여덟 살 아이의 카리스마란 실로 대단한 것이었
다. 일곱 살이나 여덟 살이나 거기서 거기라고 생각했는데
여덟 살 지안이는 일곱 살 다온이를 살뜰히 챙기며, 그들

의 부모들이 더 어린 아기들을 돌보는 데 전념할 수 있도록 도와주었다. 일고여덟 살만 되어도 저렇게 '오토'로 돌볼 수 있구나. 출산보다 어쩌면 출산 이후의 삶이 더 걱정인 우리 부부로서는 희망적인 일이었다.

어려워 보였던 일은 역시 23개월과 17개월, 그러니까 우리식 세는 나이로 두 살 배기 아이들을 돌보는 일이었다. 임신 중 태아의 발달과정도 실시간으로 습득하고 있는 내가 이미 태어난 아이들의 성장, 발달과정 같은 걸 알고 있을 리 없다. 두 살 정도면 나는 아직 젖병 같은 걸 물리면 되는 나이인 줄 알았다. 그런데 두 아이 모두 곧 세 살이 될 예정이어서 그런가 제법 뛰어다니기도 하고, 말도 곧잘 하고, 밥도 우리 먹는 밥을 거의 비슷하게 먹고 있어서 놀라웠다.

리조트 식당에 도착하자마자 아기 부모들은 본능적으로 아기 밥 먹이기 좋은 자리를 찾아내서 앉고, 직원에게 아기 의자를 부탁했다. 식당에 아기 의자가 구비되어 있고 그렇지 않고의 차이에 대해 생각해 본 적이 없는데, 그것은 실로 어마어마한 차이가 아닐까 생각이 들었다. 아기 의자에 뛰어 놀고 싶어 하는 아기들을 어르고 달래어 앉

히고 아기 부모들은 아주 능숙한 솜씨로 우리가 주문한 음식과 자신들이 챙겨온 아기용 음식을 배합해 아기들이 먹을 수 있는 식사를 만들어 내었다. 그걸 마련하는 일보다 더 대단하면서도 안쓰러웠던 과정은 그걸 먹이는 과정이었다.

아기들은 음식이 입에 맞건 맞지 않건 먹는 행위 자체에 오래 집중하기 어려워 보였다. 먹다가도 놀기를 원하고, 그러다 다시 먹는 데 집중을 하더라도 흘리는 음식이 태반이었다. 부모들은 아기의 흐트러진 집중력을 어떻게든 다시 사로잡고, 힘겹게 집중한 그 순간을 놓치지 않고 음식을 건넸다. 흘리더라도 되도록 아기 가슴팍의 실리콘 턱받이 안에서 해결이 되게끔 음식을 떨구어 냈다. 아무나 할 수 없는 일이라는 생각이 들었지만 그걸 누구나 저렇게 해내며 사는구나, 하는 생각에 마음이 조금 아렸다. 전투를 치르고 있는 그들 앞에서 나만 평온하게 식사를 하고 있는 것이 다소 미안하기는 했다. 친구들은 괜찮다며, 자기들도 먹고 있으니 신경쓰지 말라며 내게 웃어주었다.

어디 먹이는 일만 전투인가, 슬쩍 물어봤더니 23개월 서원이는 적어도 하루에 여덟 번은 기저귀를 갈아입는다고 했다. 갓난아기들보다 몸집이 많이 큰 만큼 용변을 처리하는 문제도 더욱 큰일일 것이다. 그걸 매일 자그마치 여덟 번이나 반복해야 한다니. 노는 것도 아직 스스로 되지 않는 것 같았다. 둘이 짝을 지어 신나게 뛰어 노는 여덟 살 지안이와 일곱 살 다온이와는 달리 두 살 서원이와 은하는 노는 동안에도 부모의 신경과 손길을 필요로 하는 것 같았다. 전투의 클라이맥스는 놀러 와서 잔뜩 흥분해 있는 아이들을 시간 맞춰 재우는 일. 아직 자고 싶지 않다고 칭얼대던 아기는 잠이 오면 또 잠이 온다고 울었다. 그런 아기가 잠들 때까지 부모 중 한 명은 어두운 방에서 자신도 놀고 싶은 마음을 억누르며 토닥, 토닥, 아이를 보듬었다.

　모든 육아 과정이 끝나고, 드디어 모두가 자유를 획득한 시각은 대략 밤 아홉 시. 이제부터 어른들끼리 신나게 마시고 놀 일만 남아 있었다. 그러나 부모들은 이미 너무 많은 체력을 소진한 뒤였다. 준비해 간 보드게임도, 기타 연주도 하지 못하고 아이들을 돌보느라 텅 비어버린 위장을 뒤늦게 채울 뿐이었다. 그러면서도 우리는 아이들에 대한 이야기를 나누었다. 주로 여덟 살 지안이와 일곱 살 다온이에 대한 이야기였다. 아직 아기가 어려도, 심지어 태어나지도 않았어도 아이들을 성장시켜 학교에 보내고 자그마한 사회일지라도 낯선 사회 속으로 내보내는 일은 관심이 가고 궁금한 일들이다. 저렇게 다 키워서 손도 안 가고 둘이 잘 노는 두 아이에 대해서는 부모가 많이 고민할 필요가 없지 않을까 생각도 했지만, 오히려 경제 관념, 교우 관계, 학업 등등 고민할 것이 훨씬 많은 대상이 일고여덟 살의 아이들이었다. 육아란 결국 그런 것이었다. 오랜 시간 육체노동에 시달리다가, 겨우 그것으로부터 자유로워질 무렵이 되면 마음고생이 시작되는 것.

그 와중에 그 친구들은 내게 말했다. 그럼에도 불구하고 아기를 갖게 된 것은 너무나도 잘한 일이라고. 아이와 함께하는 매 순간은 결코 고됨이 아니라 행복이고, 자신들은 끝없이 시간을 되돌려도 똑같은 선택을 할 거라고. 정말 그랬다. 그날 하루를 돌이켜보면 친구들은 그 고되어 보이는 육아의 과정들을 거치면서도 한 번도 짜증 난다거나 지친다는 이야기를 한 적이 없다. 예쁜 우리 아기. 귀여운 우리 딸, 사랑스러운 우리 아들, 같은 향기로운 말들만 그들의 입에서 나오곤 했다.

그들은 모두 평범한 일들을 하고 있었지만, 이제 몇 달 뒤에는 육아를 시작해야 하는 내 입장에서는 매 순간의 그들이 참 대단해보였다. 한때는, 그러니까 아빠가 되고 엄마가 되기 전에는, 아니면 부모가 된 뒤에도 집 밖에서 친구로서 나와 만났을 때는 그냥 나와 같은 철부지 녀석들 같기만 했는데, 그날 만난 그들의 모습과 말들은 너무나도 훌륭하게 성숙한 어른의 것이나 다름없었다. 누구나 하는 일이라고 해서 아무나 할 수 있는 건 아닌 것 같았다.

아무리 빨리 만나려고 서둘러도, 아니면 반대로 좀 천천히 왔으면 해도 어쨌거나 코코는 남들처럼 자랄 예정된 어느 날 우리 품에 안길 것이다. 그렇다면 그날 우리는 우리가 본 우리의 친구들처럼 성숙하고 능숙한 부모가 되어 코코를 맞이할 수 있을까? 처음으로, 코코가 갈 길 보다 우리가 갈 길이 더 멀어 보인다고 생각했다. 코코가 성장하는 것보다 한 발자국씩 우리가 먼저 성장해서 코코를 돌볼 수 있어야 할 텐데. 남은 기간 동안 나와 아내는 그 준비를 해야 하지 않을까 생각하며 여행을 마쳤다.

18.

선택과 선택

12주 0일

최근에는 되도록 주치의 선생님께서 권해주시는 주기대로 병원에 방문하고 있다. 임신 12주면 임신 중기, 그러니까 안정기에 접어드는 시기라고 하던데, 그래서 그런지 선생님께서 권하시는 방문 주기가 점점 길어지고 있다. 우리로서는 자주 병원에 들러 초음파로 코코의 상태도 확인하고 선생님의 진단으로 안심도 하고 싶은 것이 당연한 상황. 그래서 병원에 가는 일은 이제 손꼽아 기다려지는 일이 되었다.

오늘도 설레는 마음으로 병원을 향했지만, 한편으로는

조금 걱정되는 일도 있었다. 아내가 직장에서 제공하는 건강검진을 받았는데, 결과지에 다소 주의를 기울여야 하는 사항들이 몇 가지 있었기 때문이다. 간암과 난소암의 표식자가 증가되어 있으며, 갑상선 기능 항진 등이 의심된다는 내용이었다. 이것이 임신의 영향인지, 아니면 정말 문제가 있는 것인지에 대해서도 담당 선생님과 논의가 필요했다. 사실 이 무렵, 여러모로 아내를 보기가 안쓰러웠다. 이 모든 게 임신의 영향이길 바랐지만, 그렇다 하더라도 임신으로 인해 다양한 신체적 이상을 겪어야만 한다는 것이 마음 아팠다. 최근 들어 심해진 입덧, 입이 마르고 배에 가스가 차고 속이 메스꺼운 증상들은 정말이지 나눠서 가져갈 수만 있다면 그렇게 하고 싶을 정도로 보기 안타까웠다.

　　병원에 도착해 진료실에 들어가자마자 코코를 얼른 만나고 싶었지만, 더 궁금했고 중요했던 것은 아내의 건강 상태였기 때문에 그에 대해서 먼저 질문을 했다. 선생님께서는 수치를 확인하시더니 간암과 난소암 표식자의 경우 임신의 영향일 것이 거의 확실하다고 말씀해주셨고, 갑상선은 혹시 모르니 검사를 받고 가라고 말씀하셨다. 한시름을 덜고 우리는 코코를 만나러 초음파실에 들어갔다.

초음파 검사는 언제나 경이롭다. 얼마큼의 경이로움인가 하면 이전에 느꼈던 경이로움이 매번 하찮게 느껴질 만큼 새로운 경이로움이다. 쑥쑥 자란 팔과 다리, 희미하게나마 이목구비도 보이는 것 같았다. 그야말로 코코는 사람의 모습이 다 되어 있었다. 초음파 검사기를 들이대는 동안에도 꿈틀꿈틀 팔딱팔딱, 신명나게 움직이며 놀고 있었다. 이 무렵에 꼭 확인해야 하는 조건 중에는 목덜미 투명대라고 하는 부분의 측정과 콧대의 확인이 있다. 목덜미 부위에 투명하게 보이는 피하의 두께를 측정하여 이 두께가 증가되어 있음을 확인하거나, 아니면 콧대의 발달을 확인하지 못하는 경우 염색체에 이상이 있을 가능성이 있기 때문이다. 목덜미 투명대의 경우 3mm 이상이면 지속적인 관찰이 필요한 상황인 것인데, 코코의 경우 1.6mm로 걱정하지 않아도 될 수치가 나왔다. 초음파 화면을 통해 오똑하게 솟아있는 콧대도 확인할 수 있었다. 모든 수치가 위험군과는 거리가 먼 상황이었다.

기쁜 마음으로 초음파실에서 나왔다. 의사 선생님과 간호사 선생님께서 이번 주에는 1차 기형아 검사를 진행할 예정이라고 말씀하셨다. 그런데 여기서 한 가지 선택 사항이 주어졌다. 바로 니프티(NIPT)라고 하는 검사의 여부였다. 흔하게 진행하는 기형아 검사의 경우 건강보험이 적용되어 저렴하게 진행이 가능한데 그 대신 검사의 신뢰도는 80퍼센트 정도라고 하셨다. 니프티 검사는 보다 정밀한 검사라 할 수 있는데, 건강보험이 적용되지 않아 수십만원의 비용이 발생하고 그 대신 검사의 신뢰도는 99퍼센트 정도. 보통은 산모가 고령이거나 의사의 진단상 특별한 소견이 있는 경우, 아니면 특별히 산모가 원할 경우에만 진행한다고 하셨다. 우리의 경우 굳이 니프티를 진행할 이유가 없었다. 그런데 내 마음은 그렇지 않았다.

이게 다 예전에 찾아본 영상의 부작용 때문이다. 임신 알리기 영상들을 찾아보다가 잘못 클릭해서 보게 된 것이 하나 있다. 수개월 간 임신을 유지하다가 태아에게 기형이 있다는 사실을 발견하고 고민 끝에 임신 중단을 선택하게 된 어느 산모의 이야기였다. 자신의 배 속에 품고 있었던 소중한 생명을 자신의 결정으로 포기하게 된 그 마음이 차마 가늠조차 되지 않았다. 자신과 같은 처지의 사람들을 위로하기 위해 올린 영상이었겠지만, 그것을 본 후로 나는 내내 온갖 걱정에 사로잡혔고, 겁이 나기도 했다.

다소 비용이 들더라도 어서 안심을 하고 싶었다. 편안한 마음으로 코코를 만날 날만 손꼽아 기다리고 싶었다. 그래서 의사 선생님도 권하지 않았고 아내도 '굳이?'라고 말하던 니프티 검사를 고집스레 진행하기로 마음먹었다. 그런데 니프티도 한 종류가 아니었다. 예측할 수 있는 태아 기형의 종류에 따라 옵션을 추가할 수 있었고, 그러다 보면 검사 비용도 천정부지로 올라갈 수 있는 것이었다. 우리가 선택한 것은 가장 기본적인 단계의 니프티였다.

아내는 오늘 여러 차례 주사 바늘을 팔에 꽂아야 했다. 니프티 검사를 위해 피 한 통을 뽑았고, 갑상선 검사를 위해 또 한 통을 뽑았고, 임신 중에는 정말 위험할 수 있는 독감을 예방하기 위해 또 주사를 맞았다. 여러모로 힘든 날이었겠지만 우리의 하루는 아직 끝나지 않았다.

집에 돌아와서는 12주 무렵에는 선택해야 하는 태아보험에 대해 이야기를 나누었다. 태아보험이라는 것은 사실 어린이보험에 태아 기간에 대한 몇 가지 항목을 추가한 것이다. 아이가 적절한 시기에 안정적인 방식으로 건강하게 태어난다는 보장이 있다면 고민할 필요가 없는 문제인데, 그렇지 못한 사례를 주변에서 몇 차례 목격한 터라 부부간에 심도 있는 토의가 필요했다. 우리 부부는 이야기 끝에 보험에 가입은 하되 보장 금액이 다소 적더라도 결코 부담스럽지 않은 금액 내로 보험료를 맞추어 보기로 결정했다.

설계사분이 보낸 보장 조건들을 보니 온갖 조건들이 포함되어 있었다. 어떤 것은 넣고 어떤 것은 빼고 어떤 것은 줄이고 어떤 것은 늘리고 하다 보니 새벽녘이 되었다. 예를 들면 코코가 자라 어느 날 실수로 친구를 다치게 하거나 남의 차를 긁어 놓는다거나 하는 상황까지 가정을 하며 보험을 설계했다. 골치가 아픈 작업이었지만, 한편으로 '정말로 부모가 되는구나' 하는 실감이 나기도 했다. 날이 밝고, 설계사님과 몇 차례 실랑이가 있기는 했지만 결국 우리는 우리가 원하는 조건으로 보험을 가입할 수 있었다.

다양한 단계의 니프티 검사, 그리고 그 경우의 수가 무궁무진한 조건의 태아보험. 그 두 가지를 선택하는 것만으로도 진이 다 빠지는 기분이 들었다. 그러나 우리가 거쳐야 하는 선택들은 아직 수도 없이 많이 남아 있다. 아이를 낳기까지, 그리고 아이를 낳고 나서도 우리는 아이를 위한 무수히 많은 선택의 기로 앞에 서게 될 것이다. 경제적인 능력이 무한하다면 그러한 선택들이 다소 쉬워질 수는 있겠지만, 그렇지 못하다고 해서 마냥 미안해하고 있을 수만은 없다. 이번에는 아내가 열심히 공부한 덕택에 나름 합리적인 선에서 선택해낼 수 있었다고 생각한다. 그래, 우리는 우리가 어려서부터 싫어하던 그 공부를 또다시 시작하게 되었다. 매번 최고의 선택은 아니더라도 최선의 선택을 해낼 수 있는 부모가 되기 위해서.

19

코코의 방

우리 부부의 시작은 넉넉하지 않았지만 그래도 집을 구하는 과정에서 포기할 수 없었던 것이 하나 있었다. 집의 모든 공간이 다소 좁을지언정, 방이 세 개는 있었으면 좋겠다는 것이었다. 이것은 순전히 음악과 글을 창작하는 것을 업으로 삼은 나의 욕심이었다. 주변 친구들을 보면 거실 외에 침실과 옷 방 정도만 마련되어도 잘 지내는 경우가 많던데, 내게는 그와 별도로 음악과 글 작업을 할 수 있는 창작공간이 하나 필요했기 때문이다. 그래서 우리 집에는 작게나마 나는 창작을 하고, 가끔 아내도 재택근무나 개인 작업을 하는 작은 방이 하나 있다. 그런데 우리 집에 머지않은 미래에 새 식구가 하나 더 온다고 한다. 우리가 살기에 최적의 상태인 집이었지만 이제 무언가를 포기해야 할 시점이 다가왔다.

　침실과 옷 방은 도저히 없앨 수 없는 공간이었다. 어디선가는 잠을 자고, 부부의 옷들도 어딘가에는 쌓아둬야 할 것이 아닌가. 둘을 합쳐볼까 생각도 해 보았지만, 옷더미 속에서 잠을 잘 수는 없는 일이다. 그렇다면 작업실과 거실 중 하나가 희생되어야 하는 상황. 작업실에는 생계와 야망이 달려 있고, 거실에는 소파에 누워서 티브이나 영화를 보는 낙이 달려 있었다. 결과적으로 우리 부부는 즐거움을 조금 포기하기로 했다. 이제 우리 집에는 거실 공간이 없다.

　거실을 아기 공간으로 내어준다는 것은 아니었다. 거실은 겨울에 상대적으로 춥고, 햇빛이 잘 드는 편이 아니어서 아기 공간으로는 적합하지 않다. 우리 집에서 햇빛도 가장 잘 들고 가장 아늑한 공간인 작업 방을 코코의 방으로 주고, 작업 방에 있던 작업 장비들과 사무용품들을 밖으로 내어와 거실이었던 자리에 새로운 작업공간을 꾸미기로 마음먹은 것이다. 거실의 상징이라 할 수 있었던 소파를 과감히 버리고, 그 자리에 커다란 테이블을 두었다. 테이블의 절반 정도는 창작과 사무를 위한 공간으로 쓰고, 나머지 절반을 손님을 맞거나 밥을 먹는 공간으로 쓸 작정이다. 거실 한 켠에 있었던 커다란 책장은 안방으로 옮기고 작업 방에 있던 악기들을 그 자리로 옮겼다.

중대형 가구 네다섯 개의 이동이 있었고, 결국 우리 집 거실은 언제고 퍼질러 누워 티브이를 보던 공간에서, 어느 인터넷 쇼핑몰의 사무실과 같은 모습의 공간으로 탈바꿈되었다. 나의 수많은 글과 노래를 탄생시킨 작업 방은 어느새 텅텅 비어 총천연색의 아기용품들을 맞이할 준비를 마쳤다. 그 방에서 코코는 잠을 잘 거고, 코끼리와 호랑이가 나오는 꿈을 꿀 거다. 내게 동화책을 읽어 달라 조를 거고, 어느 날인가는 책을 읽어주러 들어간 나와 함께 잠이 들기도 할 거다. 장난감들을 어질러 놓고 물고 빨고 하다가 우리도 모르는 사이에 무언가를 붙잡고 일어설 것이고, 그러다 몇 걸음 걸음마를 걷기도 할 것이다.

나는 이제 거실 소파와 혼연일체가 되어 좋아하는 티브이 프로와 영화를 보는 즐거움을 누릴 수 없게 되었지만, 그 대신 코코에게 무언가를 읽고 쓰고, 노래를 부르는 모습을 더욱 많이 보여주는 아빠가 될 수 있지 않을까 생각해보게 되었다.

저 작고 아늑한 방이 벌써 주인을 기다린다. 아직 육 개월이나 남은 만남이지만 벌써 기대가 되고 가슴이 설렌다. 저 방도 같은 마음일 것이다. 그러나 조바심은 내지 않으려다. 적당한 때에 적당한 모습으로 만날 날을 가만가만히 기다려볼 것이다.

20.

임신 중기에 접어들며

13주 6일

　임신 중기가 되면 아내에게 다가온 많은 힘든 일들이 해결될 줄 알았다. 쉽게 메스껍고 속이 울렁울렁한 증상이 나아지지 않을까 생각했다. 그런데 아내는 14주 진입을 앞둔 지금도 여전히 다양한 증상으로 고생하고 있다. 입덧도 아직 끝나지 않은 데다가 자꾸 입이 말라 잠에서 깨곤 한다. 역류성 식도염 같은 증상도 일어나 속이 쓰리다고 하고, 변비로 인해 장에는 가스가 차서 여러모로 괴로운 상황이다. 최근의 새로운 증상은 '환도 선다'라고 하는 증상인데, 엉덩이와 꼬리뼈가 만나는 틈에 통증이 발생하는 것을 말한다. 이런 다양한 고충에도 불구하고 쉽사리 약을 쓸 수 없다는 점이 더욱 어려운 부분이다. 설상가상으로, 임신 초기 산모들에게 제공되는 단축근무 혜택마저 끝이 나서 이제는 직장에서 풀타임 근무를 해야 한다는 것이 여러모로 안쓰럽다.

사실 남편으로서, 아이의 아빠로서 할 수 있는 일은 많지 않다. 대신 아파주거나 할 수도 없는 노릇이니 그저 아내가 먹고 싶어 하는 것을 열심히 날라다 준다거나 집안일을 좀 더 주도적으로 해 나가는 일, 그리고 걱정 어린 표정으로 그 아픔에 공감해주는 일 정도가 고생하는 아내를 위해 할 수 있는 전부가 아닐까 생각한다. 먹고 싶은 것을 구해다 나르는 일을 통해 알게 된 것은, 입마름에는 이온음료가 그나마 도움이 되고, 속 쓰림에는 유제품이 좋은 선택이 될 수 있다는 것 정도. 집안일은 허리를 숙여야 하는 일을 먼저 해결한다면 임산부가 무리하게 되는 일을 막을 수 있다. 그리고 그 모든 것을 다 잘 해내더라도 적절한 공감의 말과 표정이 없다면 이 모든 노력들이 다 허사가 될 수 있다는 것을 명심하려고 한다.

다양한 고충을 나름의 방법으로 다스리며 하루하루

를 보내던 우리에게 날아든 기쁜 소식이 하나 있다. 바로 며칠 전에 받았던 니프티 검사의 결과가 아주 긍정적으로 나온 것이다. "모든 결과가 저위험입니다. 저위험을 저희는 정상이라고 합니다." 검사 후 11일 만에 받은 소식이다. 가슴 졸일 정도로 걱정했던 것은 아니지만, 이따금 나를 두렵게 하던 상상으로부터 자유로워질 수 있다는 생각에 마음이 놓였다. 그런데 한편으로는 이 기쁨과 안도감이 '나만 아니면 돼!' 하는 식의 감정이 아닐까 하는 생각에 이내 죄책감도 조금 들었다. 이 시간에도 누군가는 자신의 아이가 건강하게 자라고 있지 않으면 어떡하나 잠 못 이루고 있을 수 있다. 아니면 건강하지 않음이 분명해져서 힘겨운 선택의 기로에 놓여 있을 수도 있다는 생각에 마음이 편치 않았다. 저출산 저출산 하는 이야기를 수도 없이 듣게 되는 요즘이다. 건강한 아이건, 그렇지 못한 아이건, 세상의 보는 순간부터 매일매일 많은 이들의 축복과 정부의 적극적인 지원 속에서 행복하게 자랄 수 있다면 좋겠다는 생각을 잠시 했다.

　오늘 아침에는 아내가 내게 배를 보여줬다. "오빠, 배가 조금 나왔어!" 아내는 자신의 배가 나오고 있는 것이 오히려 기쁘다고 말했다. 그만큼 코코의 존재를 분명하게 느낄 수 있게 되는 것이니까. 여러모로 고생스럽고 고민도 많은 시절이지만, 분명한 건 지금 역시 다시 돌아오지 않을 소중한 순간이라는 것이다.

21.

성별, 개봉박두!

14주 0일

임신 14주. 지난밤에 아내가 조금 아팠다. 내가 자는 사이에 심한 복통을 느낀 모양이었다. 정기 진료는 아직 보름 정도가 남았지만, 배가 아프면 언제고 병원을 찾아오라는 말씀이 있으셨기에 걱정스러운 맘으로 아침 일찍 병원을 향했다. 주치의 선생님께서 진료를 보시지 않는 날이어서 다른 선생님 진료를 예약하고 초조하게 순서를 기다렸다. 이제 안정기에 접어들었다고 마음을 놓으려던 차에 통증이라니, 제발 별일 아니기를 바랄 뿐이었다.

진료 순서가 되어 선생님께 증상을 말씀드렸더니, 출혈

이 없었기 때문에 다른 원인일 가능성이 높다고 하셔서 조금 마음을 놓았다. 곧바로 초음파실로 들어가 코코의 상태를 확인했다. 퉁! 퉁! 코코는 허리를 튕기며 아내의 배 속에서 신나게 놀고 있었다. 심장 박동 소리를 듣기도 전에 이미 아무 문제 없이 잘 지내고 있다는 사실을 알 수 있었다.

"아무래도 가스가 좀 찼던 것 때문인 것 같아요. 흔한 증상이에요."

코코와 아내에게 큰 문제가 없다는 사실을 확인하고부터는 마음을 놓고 초음파 영상을 들여다봤다.

"이제는 아기가 웅크리고 있어서, 몸길이는 잴 수가 없어요. 아기의 성장은 무게로 판단할 거에요. 지금은 90g 정도 되겠네요."

매번 쑥쑥 길어지는 몸길이에 신기해하던 시절도 지나갔구나. 또 한 단계를 통과한 것 같아서 뿌듯한 마음이 들

었다. 머리와 복부의 크기고 주수에 맞게 측정되고, 이 각도 저 각도로 코코의 모습을 구경하다가,

"어?!"

나와 아내가 동시에 놀란 소리를 내뱉었다.

"선생님, 혹시 저거?"
"그렇죠? 다리 사이에 뭔가 보이죠?"

다리 사이에 무언가 보인다는 것은 코코가 아들이라는 것을 의미하지만 무조건 그렇다고 볼 수만은 없다. 태아의 다리 사이에 존재하는 돌기는 없던 것이 쑤욱 자라나서 남성 생식기가 되는 것이 아니고, 원래 보이던 것이 안으로 들어가 여성 생식기가 되는 것이기 때문에, 지금 보이는 것이 앞으로 보이지 않게 될 수도 있는 것이었다. 그때 선생님께서 결정적인 말씀을 하셨다.

"이 정도면 없어지진 않을 것 같네요."

코코의 성별이 남성으로 확인되는 순간이었다. 우리 부부는 그야말로 '빵' 터져서 깔깔대고 웃었다. 정말이지 아들이건 딸이건 아무래도 상관없었던 나는, 그래도 어쩔 수 없이 갖고 있던 호기심이 해결되어 아주 후련한 기분이었고, 아주 약간은 딸을 더 원했던 아내로서는 약간의 아쉬움도 묻어나는 웃음이었다. 그 이후 수납하고 지하 주차장으로 내려오는 동안 마음이 너무 들떠서 계속 터져 나오는 웃음을 참았던 기억밖에 없다. 차에 타자마자 나는 아내에게 많이 아쉽냐고 물었다.

"집에 여자가 나밖에 없다는 게 좀 그렇긴 한데, 괜찮아. 나는 아들도 좋아."

긍정적으로 받아들여 주어서 다행이라는 생각이 들었다. 한편 우리보다 더 오랫동안 코코의 성별을 궁금해하던 분들이 많았다. 특히 양가 부모님. 아버지와 할머니, 장인어른과 장모님께 이 사실을 알리려 전화를 돌렸다. 딸이었어도 마찬가지였겠지만, 아들 소식에 어른들 모두 즐거워해 주셨고, '멋지게' 잘 키워보라는 덕담도 해 주셨다.

사실 아들이고 딸이고는 정말이지 중요한 문제가 아니다. 나는 코코가 아들일수록 섬세하게, 딸일수록 활기차게 키우고 싶다고 아내에게 말한 적이 있었다. 코코는 아들이어도 엄마에게 예쁜 말을 할 줄 아는 아이로 자랄 것이고, 딸이었다 해도 주말이면 나랑 캐치볼도 하고 축구도 하며 신나게 뛰어놀 예정이었다. 남성으로 성장해도 핑크색 셔츠가 잘 어울리는 센스 넘치는 청년으로 키울 생각이었고, 여성으로 성장해도 파란 트레이닝복이 잘 어울리는 생기 넘치는 청년으로 키울 생각이었다. 물론 아들이어서 함께 목욕탕에 갈 수 있다는 장점과, 언젠가 국방의 의무를 짊어지게 해야 한다는 걱정이 있지만 그것은 당장 중요한 일은 아니다.

　그런데 나는 왜 이렇게 코코의 성별 소식 앞에서 이렇게 들뜨는가. 그것은 내가 코코를 사랑하기 때문이라고 결론을 내렸다. 나는 코코를 사랑하지만 그에 비해 코코에 대해 아는 것이 없다. 그 아이가 나를 더 닮았을지 엄마를 더 닮았을지도 알 수 없고, 키가 큰지 작은지도 모른다. 무엇을 하는 것을 좋아하고, 무엇을 먹는 것을 싫어하는지도 모르고, 어떤 말투를 사용하고 어떤 음성을 가졌는지

도 아직은 모른다. 코코의 성별은 내가 아이에 대해 알게 된 첫 번째 정보이다. 사랑하지만 아무것도 모르던 대상에게서 처음으로 무언가 정보를 얻게 되었다. 그래서 나는 이토록 기쁜 것이다. 흑백으로 꾸던 꿈이 어느 새 조금 선명한 색채를 띠게 되었달까.

이렇게 즐거운 와중에 다소 사려 깊지 못하고 영리하지 못한 주변 사람들의 몇 마디가 조금 거슬리기는 한다. 코코가 아들이라니까 미간을 잔뜩 찌푸리고 "어떡해..." 하는 사람부터 "에이, 그래도 딸 하나는 있어야 하는데", "괜찮아! 하나 더 낳으면 되지 뭐!" 하고 쉽게 얘기하는 사람들. 그런 이야기들은 가볍게 무시하려고 하는 편이다. 그들이 뭐라고 하거나 말거나, 우리 셋은 그들이 놀랄 만큼 신나고 재미나게 살 것이다.

처음으로 이렇게 불러본다. 얼른 보고 싶어, 사랑하는 내 아들.

22.

부모가 된다는 것

　주말 내내 아내가 아팠다. 무엇을 잘못 먹었는지 배탈이 크게 나서 고생했다. 오랜만에 나섰던 영화 데이트도 포기하고 집으로 돌아올 수밖에 없었다. 계속되는 복통과 자꾸 화장실에 달려가야 하는 증상. 언젠가 나도 경험해 본 일이 있어서 그 고생을 알 수 있었다. 사실 배탈 증상이야 약만 잘 챙겨 먹으면 금방 완화되곤 하는 것인데, 임산부의 경우 모든 상황에서 약을 쓰는 것이 제한된다는 점이 항상 어려운 부분이다. 아내는 속수무책으로 그저 배탈이 낫기만을 기다리고 있었다.

　보다 못한 나는 약사 아내를 둔 친한 형에게 전화를 걸었다. 형에게 간단히 안부를 전하고, 형수님과 통화를 했다.

"임신 중에 장염은 흔한 증상이에요. 너무 걱정하지 마세요."

"혹시 이런 상황에 임산부가 먹을 수 있는 약은 없을까요?"

"있어요. 사진 보내 드릴게요."

형수님은 약 사진 하나를 찍어서 보내주셨다. 생약 성분으로 이루어진 순한 약이라 어느 정도는 먹어도 된다고 하셨다. 약국 문을 닫을 저녁 시간, 날이 많이 추웠지만 나는 약국 세 군데 정도를 돌며 겨우 약을 구해다 집으로 가져왔다. 그런데 아내는 도통 약을 먹지 않았다. 혹시나 배 속의 코코에게 안 좋은 영향을 미칠까봐 버티는 데까지 버텨 보겠다는 것이었다. 나는 조금 정도는 괜찮을 테니 먹어 보라고 수차례 권하고, 아내는 거듭 만류하고. 이 장면에서 나는 문득 우리 부모님의 모습이 떠올랐다.

복통으로 식은땀을 흘리면서도 코코를 보호하겠다며 약을 안 먹고 버티는 아내의 모습 속에서, 어린 내가 아플 때면 나를 들쳐 업고 땀을 뻘뻘 흘리며 병원으로 달리던 엄마의 안쓰러운 모습이 겹쳐 보였다. 그런 엄마도 아픈 날이 있었다. 그럴 때면 어떻게든 약이며 몸에 좋다는 것들을 구하러 뛰어다니던 아버지의 모습이 아직도 기억에 남아 있다. 추운 겨울날 그런 일이 생길 때면 아버지 잠바에서 나던 겨울 냄새. 그 냄새가 내게도 잔뜩 묻어있는 것만 같았다.

다행히 시간이 지나며 아내의 상태는 호전되었지만, 아내는 죽을 먹으면서도 코코 걱정뿐이었다. 혹시 자기 몸에 생긴 이상이 코코에게 영향이 있을까 내내 걱정을 했다. 그리고 드디어 월요일. 아내는 곧장 병원으로 향했고, 초음파 검사를 통해 코코에게 이상이 없음을 확인했다. 그제서야 아내는 싱글싱글 웃어 보였다. 건강한 코코를 봐서 기분이 좋다며 하루 종일 즐거워했다. 벌써 엄마가 다 된 것 같은 아내. 나는 그런 아내가 참 예뻐 보였다.

나는 아빠가 된다는 것에 대해 생각을 해 보게 되었다. 아내가 코코를 잉태한 열 달 간 나는 직접적으로 코코를 위해서 할 수 있는 일이 없다. 단지 코코를 품은 아내를 내가 또 품어내는 수밖에 없다고 생각했다. 아내를 지키기 위해 무엇이든 하는 것. 그게 바로 코코를 지키는 일이고, 그걸 해내는 사람이 바로 아빠라는 자격을 얻는 것이 아닐까 생각했다.

23.
할 수 있는 일이 없을 때

16주 1일

16주차. 요즈음 가장 좋은 점은 더 이상 아내가 입덧으로 고생하지 않는다는 점이다. 피로감이나 복부 팽만 같은 몇몇 증상은 남아 있지만, 음식 냄새로 인한 메스꺼움이나 속쓰림 같은 부분은 많이 나아진 것 같다. 입덧하면서 평소에 좋아하던 고기도 별로 먹지 못해 마음이 쓰였는데, 며칠 전에는 오랜만에 싱크대 안 한 구석에 처박혀 있던 삼겹살용 불판을 꺼내 신나게 고기를 구워먹기도 했다. 이제 제법 배가 나와 임산부 태가 나기도 한다. 매일 매일 달라지는 모습에 놀랄 법도 한데, 아내는 코코가 함께

하고 있다는 것이 시각적으로 보이는 게 신이 나는 모양이다. 요새는 예쁜 임부복을 입고 싶다며 임부복 쇼핑에 재미를 붙이기도 했다.

오랜만에 주치의 선생님을 만나는 날. 정기검진일이기도 했고, 2차 기형아 검사도 진행하는 날이었다. 임신 중기로 접어들면서 병원 오는 간격이 점점 길어지는데, 매일이라도 초음파를 통해 코코의 모습을 보고 싶은 우리로서는 병원에 오는 것이 설레고 반가운 일이 되었다. 초음파를 통해 본 코코는 여전히 잘 자라고 있었다. 사실 이 시기의 초음파 화면 속 아기 모습은 객관적으로 봤을 때 별로 귀엽지는 않다. 아직 살이 오르지 않아 얼굴 모습이 다소 해골처럼 보이기도 한다. 그런데 벌써 고슴도치 부모가 되어 있는 우리로서는 그 해골바가지 같은 얼굴도 마냥 귀여워 보이기만 했다. 우리로 하여금 코코가 아들임을 확신하게 해 준 다리 사이의 그 무엇을 비추어 주셨을 때 우리 부부는 아, 정말 이제 빼도 박도 못하고 아들 확정이구나 하는 생각이 들어 서로 마주 보며 웃었다. 몸을 통통 튀기기도 하고, 고개를 돌려 우리와 마주보기도 하는 코코를 보며 만날 날이 빠르게 다가오고 있다는 사실을 실감했다.

　언제나와 같이 즐거운 날이었지만 약간 마음이 무거 웠던 것은 혹시나 모를 이상에 대한 소견을 들었기 때문 이다. 복부 초음파를 통해 본 자궁 속 태반이 자궁 입구 에 살짝 걸쳐 있는 것처럼 보였다. 만약에 태반이 자궁 입 구를 덮게 된다면 전치태반이라는 상황을 걱정해야 하는 것이었다. 전치태반이 확인될 경우에는 자연분만을 진행 할 때 많은 출혈이 발생할 수 있으며, 제왕절개 시에도 위 험한 상황이 발생할 수 있다고 하셨다. 재차 진행한 질 초 음파를 통해 아직 전치태반은 아니라는 사실을 확인했고, 또한 선생님께서도 아이의 성장에 따라 태반이 지금보다 더 위로 올라가 자궁 입구와 멀어질 가능성도 존재하기에 너무 걱정할 필요는 없다고 말씀을 해 주셨지만 어쨌거나 예의주시해야 하는 것은 사실이었기에 마음이 마냥 편하 지만은 않았다.

　참 이럴 때 아쉬운 점은, 좋지 못한 상황을 막기 위해 우리가 할 수 있는 일이 '그런 일이 일어나지 않기를 기도 하는 것'뿐이라는 것이다. 운동이 필요하다면 운동을 하 겠고, 식이요법이 필요하다면 식이요법을 하겠는데, 그런 것과 상관없는 위험이 도사리고 있다면 도저히 우리로서는 할 수 있는 일이 없는 것이나 다름없지 않은가. 더군다나 산모 본인이 아니라 옆에서 지켜보는 것밖에 할 수 없는 아기 아빠의 입장이라면 더욱 무력감을 느낄 수밖에 없는 것이다.

그래, 이럴 때 내가 할 수 있는 가장 좋은 일은 아내의 스트레스를 덜어주는 일, 그러니까 아내의 기분전환을 돕는 일이다. 아내는 순두부찌개가 먹고 싶다고 했다. 오늘만큼은 나는 강원도 어디쯤 있다는 순두부 마을 주방장 못지않은 솜씨로 순두부찌개를 끓여내야 한다. 내가 할 수 있는 최선이다. 아내를 위하여, 코코를 위하여.

24.

태교여행

한달 쯤 전, 아내가 입덧으로 고생하던 어느 밤이었다. 힘들어하는 아내의 기분만이라도 산뜻하게 만들어 주기 위해 나는 제안을 하나 했다.

"우리 슬슬 태교 여행 계획을 세워 볼까?"

"응, 좋지."

아내는 조금은 심드렁하게 대답했다. 세상 그 무엇보다 여행을 사랑하는 아내가 어쩐 일로 여행 얘기에 들뜨지 않는 것인지 조금은 의아한 마음이 들었지만, 나는 이야기를 이어나갔다.

"일본이나 싱가포르 같은 데 많이 가는 것 같던데, 어떻게 생각해?"

"에이, 아기 낳으면 휴직도 해야 하고, 돈 들 데 투성이인데 뭘."

"그래도, 이럴 때는 안 아껴도 된다고 생각해. 무조건 당신 가고 싶은 곳으로 골라 보자."

아내는 그제야 조금 흥미가 당겼는지, 나를 보며 싱긋 웃었다.

"가까운 데로 가자. 외국 나가 봐야 나는 많이 돌아다니지도 못할 것 같아. 그렇다고 술을 마시고 놀 수 있는 것도 아니고..."

여행만 가면 하루 종일 정신없이 쏘다니고, 밤이 되면 부어라 마셔라가 패턴인 우리이기에 평소와는 다른 선택이 필요했다.

"예쁜 곳에서 책 읽고 쉬다 오고 싶어."

아내의 전공은 실내 건축. 최근까지 무대 디자이너로 일해 온 사람이라 공간에 관심이 많고 예민한 편이다. 우리는 아내의 눈을 즐겁게 하고 몸을 쉬게 할 수 있는 숙소를 검색하기 시작했다. 태교여행의 본질이 무엇인가. 결국 산모를 위로하고 힘을 불어넣어 주기 위한 여행이 아닌가. 사실 16주의 코코가 우리가 일본을 갔는지 제주도를 갔는지 알 게 무엇인가. 아내가 좋은 곳이 무조건 최고의 여행지인 것이다.

그렇게 찾아낸 곳이 강원도 홍천의 한 펜션. 산봉우리들이 휘둘러 싸고 있는 고요한 곳에 있는 작지만 예쁜 공간이었다. 입덧이 심해질 때마다, 무거운 몸을 이끌고 출퇴근하기 힘들 때마다 아내는 거기서 보낼 이박 삼일을 생각하며 견뎌내곤 하는 것 같았다. 시간이 흘러 어느덧 임신 16주, 여행을 떠나기로 한 날이 되었다. 때마침 입덧 증상도 거의 사라지고, 아내의 컨디션은 여행 계획을 세우던 그 밤에 비하면 매우 괜찮은 상태가 되었다.

간소하게 짐을 꾸리고 차에 시동을 걸었다. 가는 길에

유명하다는 막국수 집에서 식사도 하고, 예쁘다고 소문난 카페에도 들렀다. 여기저기 들르는 내내 우리는 아이를 만나게 될 몇 달 후에 대해 이야기했다. 아이가 태어나고 얼마쯤 지나야 우리가 또 이런 여유를 느낄 수 있을까, 아이는 어떤 곳에 데려 가면 행복해 할까 하는 이야기들을 나누며 예약해둔 숙소로 향했다. 기대만큼 예쁘고 안락하고 고요했던 숙소. 앞마당에서 고기를 구워먹고 얼마 지나지 않아 아내는 깊은 잠에 빠져들었다. 너무나도 편안하게 잠든 모습을 보면서, 늘 모험으로 가득했던 우리의 여행을 이렇게 휴식으로 채워 보는 것도 나름 괜찮은 것 같다고 생각했다.

아침 늦도록 푹 자고 일어나 둘째 날 아침, 우리가 향한 곳은 숙소에서 가까운 곳에 위치한 한 유원지였다. 알파카와 양들이 뛰노는 목장 형태의 유원지에서 알파카와 새들에게 먹이도 주고, 주변 경관도 구경하며 즐거운 시간을 보냈다. 그러는 동안에도 내내 아이를 동반한 가족들에게 시선이 갔다. 천진하게 뛰어노는 아이들과 그들을 보며 흐뭇해하는 부모들을 보며 우리가 앞으로 걸어갈 미래를 미리 그려보게 되었다. 거기서는 코인을 구매해서 그것으로 동물 먹이를 얻을 수 있도록 되어 있었는데, 구경을 마쳤는데도 코인 몇 개가 우리 수중에 남아 있었다. 우리는 망설임 없이, 몇 년 뒤의 우리 코코와 꼭 닮았을 것 같은 아이에게 남은 코인들을 선물해 주었다.

오후가 될 무렵 숙소로 돌아왔다. 이후의 시간은 휴식으로 가득 채울 생각이었다. 그런데 우리의 휴식을 방해하는, 뜻밖의 변수가 생겼다. 누가 먼저였던가, 차 안에서 코코의 이름에 대한 이야기가 나왔다. 우리 둘 다 서로 말은 안 하고 있었지만 벌써부터, 그러니까 코코의 성별을 알게 된 이후로부터 매일매일 코코의 이름에 대해 궁리하고 있었던 것이다. 서로 사용하고 싶은 글자들을 이야기하고, 휴대폰 한자 사전으로 한자 뜻을 맞춰보고 하며 숙소로 돌아오는 내내 우리는 아기 이름 짓기에 열을 올렸다. 그 열기가 숙소에 가서도 식지 않았고, 우리는 책을 읽고, 영화를 보기로 마음먹었던 시간을 모두 이 글자 저 글자들을 떠올리는 데 사용해 버렸다. 이 이름 짓기에 대한 열정은 다음 날 아침 집에 돌아올 때까지 계속되었다. 집에 돌아온 우리 둘 다 녹초가 될 지경이었다. 이름에 대해서는 할 이야기가 많으니 나중에 따로 적어보도록 하겠다.

이번 여행으로 느낀 점은, 어쨌거나 임산부를 위로하기 위해서라도 태교여행을 계획한 것은 아주 잘한 일이었다는 것이다. 출발하는 날짜를 기다리는 동안, 그리고 다녀와서도 이 여행은 아내에게 많은 힘이 되어주었다. 그리고 굳이 멀리 가지 않아도 휴식 차원에서 가까운 곳으로 떠나는 여행도 충분히 괜찮을 수 있다는 것. 나는 이미 아내에게, 멀리 떠날 비용을 아꼈으니 2차 태교여행, 그러니까 배 속의 아이가 조금 더 자라서 정말로 태교라는 것이 의미가 있을 때 한 번 더 떠나는 것에 대해 제안을 던져놓은 상태이다.

　　이 시기, 그러니까 아이를 품고 있는 열 달이라는 시간은 빨리 무탈하게 지나갔으면 하는 시기임은 분명하다. 그렇다고 달력만 쳐다보며 괴롭게 보낼 수는 없는 노릇이다. 이 시기는 이 시기대로 아름답게 가꾸어 간직할 필요가 있지 않을까. 이토록 애틋하게 나의 아들 코코를 아내의 배 속에 품고 보낼 수 있는 나날들. 한 번 지나가면 돌아오지 않는 인생의 중요한 날들 중의 하나임이 분명하다.

25.
다툼

아내가 출근하고서야 눈을 떴다. 휴대폰을 보니 아내로부터 메시지가 와 있었다.

"오후에 손님 오시기 전에 청소기 한 번 부탁해요."

일어나자마자 약속된 중고 거래가 한 건 있었다. 오래전 장터에 내놓은 기타 한 대가 드디어 팔린 것이다. 만나기로 한 분이 도통 오질 않았다. 밖에서 한참을 기다려 물건을 팔고 집에 들어왔다. 허기가 밀려왔다. 밥을 대충 챙겨 먹자마자 손님이 올 시간이 되었다. 최근 들어 내게 블

루스 기타 레슨을 해 주고 있는 친구였다. 집 청소를 하지 못한 채 친구를 맞이했다. 레슨이 조금 길어졌다. 친구가 떠나고 미뤄둔 일 하나가 생각났다. 세금, 건강보험료와 관련된 일이었다. 컴퓨터 앞에 앉은 김에 글을 좀 썼다. 아내가 올 시간이 다가왔다. 오늘은 무엇을 먹을까 궁리를 조금 했다. 국을 하나 끓였고 간단한 반찬들을 마련했다.

반찬 그릇과 국그릇을 식탁 위에 올려두고 있는데 아내가 집에 돌아왔다. 아내는 집 상태를 보자마자 물었다.

"오늘 청소기 돌렸어?"

나는 대답했다.

"미안, 좀 정신없었어. 밥 먹고 돌릴게."

아내는 기분이 잔뜩 상한 표정으로 옷을 갈아입고 침실로 들어갔다.

"밥 안 먹어?"

"좀 이따 먹을게."

"반찬 식는데…"

    몇 분 지나고 나서야 아내가 침실에서 나와 식탁에 마주 앉았다. 국을 한술 떴는데 식어서 맛이 없었다. 갑자기 아내가 야속해졌다. 청소 하나 빼먹을 수 있지, 겨우 그걸 가지고 화를 내는 게 야속했다. 아무리 집에서 일하는 날이 많은 프리랜서라지만 내가 밥하고 청소하는 게 그냥 당연한 일이 되어 버린 것일까. 나는 뭐에 씌운 사람처럼 그동안 서운했던 일들을 실제로 서운했던 것보다 더 부풀려서 아내에게 쏟아내기 시작했다.

    놀란 아내는 방으로 들어가고 나 혼자 밥을 다 먹었다. 그러다 아내가 식탁에 앉았을 때 이번에는 내가 방으로 들어갔다. 그러다 미안한 마음이 들어 사과를 했다. 아내가 울기 시작했다.

    겨우 청소 하나가 문제가 아니었다. 아내도 아내대로 쌓인 게 많았던 거다. 나도 처음인데 어떻게 임산부를 완벽히 챙기겠나-하는 핑계로 부족함을 합리화해왔던 게 사실이다. 홑몸도 아닌 상태로 매일 출퇴근을 해야 하는 것도 고된데, 꼭 한두 가지 일을 빼먹어서 퇴근 이후에도 아내 스스로 소매를 걷어붙이게 만드는 나에 대해 누적된 짜증 같은 게 있었던 것이다. 임신으로 인해 피로가 쏟아져 잠든 아내를 두고 친구들을 만나 술을 먹으러 나간 적도 많았고, 홀로 잠에서 깬 그 밤들마다 마음에 쌓인 서운함들도 분명히 있었을 것이다. 그런 것들을 헤아리지 못한 채 나는 그깟 청소기 하나 안 돌렸다고 화를 낸다며 아내에게 도리어 짜증을 쏟아붓고 있었다.

화해했지만 마음이 하나도 편치 않다. 부부싸움은 칼로 물 베기라지만, 아내도 베이고 나도 베인 것 같은 기분이 든다. 벌써 임신 중기이고, 아내의 배도 날마다 쑥쑥 나오는데, 나는 왜 그걸 매일 잊어버리고 책임감 없는 행동을 하곤 하는 걸까. 입덧으로 고생하다가 이제야 숨을 좀 돌리며 더 큰 고생을 준비하는 아내에게 더 잘해주지는 못할망정, 어리광이나 피운 내가 부끄럽다. 여러모로 심란해서 잠이 오지 않는 밤이다.

26.

좋은 아빠가 될 수 있을까

나는 글을 쓰는 사람이다. 노래를 지어 부르기도 하고, 글과 노래에 대해 강의하기도 한다. 글과 노래로 먹고 산다는 것은 나의 오랜 자부심이다. 그리고 글과 노래로 먹고사는 아빠도 나쁘지 않겠다고 생각하고 있었다. 나를 닮은 아이가 태어난다면 아이에게 세상에 존재하는 수많은 좋은 글들 뿐만 아니라 내가 직접 쓴 글을 읽어 줄 수도 있다. 내가 사랑했던 노래를 직접 들려줄 수도 있고, 언젠가는 내가 만든 노래를 불러줄 수도 있지 않겠나. 대단한 일은 아니지만 다른 아빠들이 만들어 주지 못하는 낭만적인 기억을 많이 만들어 줄 자신은 있었다. 프리랜서라는 업무 형태 역시 내가 좋은 아빠가 되기에 유리한 조건이라 생각했다. 평일이고 주말이고 시간을 내면 언제든 놀이공원으로, 눈썰매장으로 데려가 줄 수 있는 아빠. 어린이집이나 유치원을 다녀오면 맛있는 간식을 직접 만들어주는 다정한 아빠만큼은 되어줄 수 있으리라 자부했다.

그렇지만 나는 남들보다 돈을 많이 벌어 본 적은 딱히 없는 사람이다. 많이 벌 때도 있고 적게 벌 때도 있다는 것은 때때로 매우 무책임한 일이 되기도 한다. 우리 집 가계에서 중심적인 역할을 하기에는 나의 수입은 너무 변수가 많다. 글이건 노래건 언젠가 빛을 보리라는 희망으로 만들어가고 있지만, 그게 언제라고 장담할 수는 없다. 이러한 상황 앞에 때때로 작아지기도 하는 요즘이다.

고등학교 동창인 한 친구의 아내도 나의 아내와 비슷한 시기에 아이를 가졌다. 오랜만에 만나 이런저런 이야기를 나누다가 산후조리원에 대해서 이야기를 하기 시작했다. 주로 하게 된 이야기는 너무 비싸다, 가격이 천차만별이라 고르기 힘들다는 이야기였다. 그러다 결론적으로 듣게 된 이야기는 친구가 결국 소위 우리나라 빅3라고 불리는 산후조리원 중 하나를 예약했다는 것이었다. 집에 와서 친구가 예약했다는 그곳을 검색해보았다. 우리가 예약한 곳도 나름 괜찮은 곳이라 생각했는데, 그 으리으리한 위용 앞에서 내 마음은 쪼그라들기만 했다. 아내에게 말하면 바보 같은 이야기라 하겠지만, 그 밤 아내에게 미안한 마음이 드는 것은 어쩔 수 없는 일이었다.

또 다른 친구를 만나러 친구가 사는 아파트에 간 일이 있었다. 주차장에서 만난 친구는 자기 아파트에 마련되어 있는 각종 커뮤니티 시설에 대해 설명해 주었다. 아이들을 위한 시설과 프로그램들이 많이 준비되어 있어서 아이 키우기가 좋다고 이야기했다. 우리가 살고있는 신혼집 빌라가 떠올랐다. 우리에게는 소중한 보금자리이지만, 막상 집 앞에 아이를 위한 놀이터 하나 없는 네 동 짜리 빌라. 곧 태어날 아이는 하루가 다르게 자라 얼마 후면 걷고 뛰고 할 텐데 필로티 주차장 밖에 없는 이 단지에서 아이를 기른다는 것이 옳은 일인지에 대해 생각해보게 되었다.

나보다 몇 해 먼저 아이를 얻은 어떤 친구들은 벌써 아이가 어린이집을 졸업하고 유치원에 갈 때가 되었다며, 요즘 말이 많은 영어 유치원과 숲 유치원에 대해 이야기 했다. 주변의 다른 집 아이들로부터 뒤처지지 않으려면 어쩔 수 없이 한 달에 백만 원이 넘는 영어 유치원에 보낼 수밖에 없다고 말하는 친구. 그리고 자기는 아이를 그런 경쟁으로부터 자유롭게 키우고 싶다며 그보다 더 비싼 숲 유치원에 보내겠다고 말하는 친구. 그들 사이에서 나는 고개를 끄덕이며 앉아 있었지만 무엇이 옳은 것인지도 알 수 없었고, 안다고 해도 그런 곳에 내 아이를 보낼 능력이 나에게 있는가에 대한 의구심도 들었다.

　　나는 다정한 아빠가 될 거다. 우리 아버지가 그랬듯, 친구 같은 아빠가 될 거고, 무엇보다 엄마한테 잘 하는 아빠가 되어서 아이로 하여금 언제나 집안은 온기와 사랑이 가득한 곳이라 느끼게 만들어주고 싶다. 처음 걸음마 떼는 순간을 놓치지 않는 아빠, 자전거 타는 방법을 가르쳐주는 아빠, 목욕탕에서 때 밀어주는 아빠, 연 날리는 방법을 가르쳐주는 아빠가 되고 싶다는 생각을 자주 한다. 그런데 세상이 원하는 아빠의 모습이란 그것으로 충분하지 않은지도 모르겠다는 생각이 자꾸만 든다. 자꾸만 세상이, 우리 아버지가 나를 길렀던 시대와 지금은 달라서 단지 다정함만을 갖춘 아버지가 되어서는 우리 아이를 행복하게 해줄 수 없다고 이야기 하는 것 같다. 태어나지도 않은 아이한테 벌써 미안한 마음이 들곤 하는 순간이 있다는 걸, 그리고 그런 내 모습이 못나 보일 때가 있다는 걸 부인할 수 없다.

그렇다고 내가 당장 다른 집 아빠들처럼 대기업에 취업을 하거나 전문직 종사자가 되거나 고위 공무원이 될 수도 없는 노릇이 아닌가. 당장 내가 할 수 있는 일은 더 치열하게 내가 할 수 있는 일에 대해 고민하는 것뿐이다. 내영역에서 어떻게든 더 빛나는 사람이 되는 것. 그러면서도 처음 머릿속에 그렸던, 내가 되어주고 싶은 아빠의 모습이 희미해지지 않도록 하는 것. 그뿐이다.

나는 과연 내 아이를 행복한 아이로 길러낼 수 있을까? 오늘도 떨쳐지지 않는 질문을 머리에 이고 하루를 보낼 것 같다.

27.
너의 이름은

이름이야말로 부모가 아이에게 줄 수 있는 첫 선물이자 가장 소중한 선물이다-라는 글을 인터넷에서 마주하지 말았어야 했다. 아이 이름 짓기에 이렇게 많은 에너지가 소모된다는 것을 나는 미처 알지 못했다.

이름 짓기에 불이 붙은 것은 지난번 태교여행 때부터였다. 어릴 때는 그냥 내 이름 한 자, 배우자 이름 한 자 따서 지으면 되는 것인 줄 알았는데, 아니면 그럴싸한 한자 두 개 붙여서 만들면 되는 것인 줄 알았는데, 그렇게 무심코 지은 이름을 내 아이가 평생 가지고 살아갈 것을 생각하면 또 그렇게 되지가 않는 것이다. 강아지나 고양이 이름 같았으면 벌써 지었지, 무려 한 사람이 평생을 짊어지고 살아갈 이름이다.

아이 이름을 짓는데 가장 큰 걸림돌이 되는 것은, 대다수의 좋은 이름들을 이미 다 누가 쓰고 있다는 사실이다. 모르는 사람이면 모를까, 적어도 내 지인들의 이름은 피해야 하지 않겠나 하는 생각으로 글자를 고른다. 이럴 때면 넓디넓은 내 인간관계가 원망스럽다. 아는 사람이 많으니 그들이 쓰고 있는 이름들도 많다. 하나하나가 다 그들의 부모가 심혈을 기울여 지은 이름들이기에 귀한 이름들이다. 내게 귀한 것들은 남들에게도 귀하기 마련이기에, 이거다 싶은 이름들은 대부분 지인들이 이미 쓰고 있다. 지인들만 피해야 하는가 하면 그것도 아니다. 그들의 자녀들을 비롯한 가족들의 이름까지도 될 수 있는 대로 피하는 것이 우리가 정한 암묵적인 룰이다. 너무 유명한 누군가가 사용하고 있는 이름들도 지양해야 한다. 아무리 훌륭한 사람이라도 그 끝이 어떻게 될지 알 수 없는 법이다. 괜히 유명한 누군가의 이름을 따라 지었다가 그들의 이름에 오점이라도 생기게 된다면 내 아이 역시 놀림감이 되어버리지 않겠나.

되도록 아무도 선점하지 않은 이름으로 예쁘게 이름을 짓는다는 것은 정말 어려운 일이다. 거기다 우리나라 이름은 한자 뜻까지 생각해서 지어야 한다. 부르기도 좋고 뜻도 아름다운 이름을 짓는 것이 과연 가능하기나 한 일일까 여러 번 생각했다. 누군가는 한자의 획 수를 고려해야 한다고 이야기하기도 하고, 또 누군가는 음양오행을 생각하지 않고 이름을 지으면 아이의 삶이 험난해질 수도 있다고 겁을 주기도 한다. 그러나 우리에게 그런 것까지 신경 쓸 겨를이 없다. 그것들을 미신으로 치부하고 자유롭게 이름을 지으려 해도 쉽지 않은 것이 사실이다.

그렇다면 작명소에 아이 이름을 맡기는 건 어떨까? 부르기도 좋고 뜻도 좋고 기운도 좋은 이름들을 정말로 그렇게 쉽게 뽑아주는 것일까? 개인적으로 갖고 있는 마음이지만 모든 작명가들이 신빙성 있는 방식으로 이름을 짓고 있는지에 대한 의심이 있다. 그리고 무려 나의 첫 아이이다. 직접 지은 이름을 선물하고 싶은 욕심은 도저히 포기가 되지 않는다.

그렇게 힘겹게, 어렵게 우리 부부는 아이를 만나기까지 다섯 달 정도가 남은 현재 두 개 정도의 이름 후보를 정해

둔 상태이다. 흔하지도 않고 그렇다고 어색하지도 않고 뜻도 나름대로 좋은 의미를 갖고있는 이름들이다. 이 정도면 만족해야지 싶지만 그게 잘 안된다. 세상에 존재하는 무수히 많은 글자들 중에 내 아이 이름으로 썼을 때 더 빛날 그런 글자가 하나쯤 더 있을 것만 같다는 생각이 자꾸만 든다. 그래서 아직도 간판의 한 글자 한 글자를 볼 때마다, 텔레비전 예능 프로그램 자막 한 글자 한 글자를 볼 때마다 하나씩 떼어다 맞추어 보곤 한다.

우리는 과연, 무사히 아이의 이름을 지을 수 있을까. 이 고민에 끝이 있기는 있을 것인가. 혹시 나중에 태어난 아이의 얼굴을 보고 딱 떠오르는 이름 같은 게 있지는 않을까. 차라리 그렇다면 좋겠는데.

그러니까 코코야. 너의 이름이 무엇이 되건 엄마 아빠를 원망하지는 말았으면 좋겠어. 지금 우리는 정말로 최선을 다하고 있거든.

28.

설날 연휴

코코를 만나기까지 5개월이 채 남지 않았다. 슬슬 5부 능선을 넘어가고 있는 셈이다. 아내는 이제 제법 배가 많이 나와 누가 봐도 임산부의 몸이 되었다. 가장 좋은 건 더 이상 입덧으로 고생하지 않는다는 점. 당시에는 아내가 고생을 참 많이 했지만 시간이 지난 뒤 돌이켜 보니 그래도 수월하게 한 시기를 넘겼다는 생각이 들어 안도하게 된다.

지난주에는 명절 연휴가 있었다. 코코의 발견 이후 첫 명절이었고, 코코의 출생 전 마지막 명절이기도 했다. 양가 어른들께 초음파 사진도 보여드릴 겸 병원에 갔다. 이제는 그냥 웃으면서 "그냥 궁금해서 와 봤어요, 선생님" 해도 주치의 선생님은 이해해 주신다. 이제는 한 화면에 다 안 들어오는 코코. 머리둘레가 4.37cm가 되었다. 처음에 고작 몇 미리 크기의 아기집을 보고 호들갑을 떨던 때가 먼 옛날처럼 느껴진다. 체중도 어느새 255g. 물고기처럼 몸을 파닥거리기도 하고, 처음으로 손가락도 활짝 펴서 보여주었다. 마치 엄마, 아빠가 지켜보고 있다는 걸 아는 듯. 볼 때마다 쑥쑥 크는 모습이 언제나 경이롭다.

처가에서도, 나의 본가에서도 쑥쑥 자라고 있는 코코에 대한 기대감은 주된 이야깃거리였다. 장인어른과 장모님도, 우리 아버지도 당신들의 첫 손주를 설렘 가득한 표정으로 기다리고 계셨다. 특히 우리 아버지는 나름대로 코코의 이름도 하나 지어 놓으셨고, 빳빳한 봉투에 아직 태어나지도 않은 코코의 세뱃돈까지 준비해두셨는데, 그 모습이 여러모로 정겨워 보였다.

양가 어른들 모두 피곤한 아내를 배려해주셔서 이틀 다 일찍 집에 귀가했다. 연휴답게 여유로운 연휴를 보낼 수 있었다. 아내는 집에서 틈틈이 필요한 아기용품들을 정리하고 있었다. 코코의 것으로 비워둔 방을 아기용품들로 슬슬 채워갈 시간이 왔다. 벌써 그럴 시기가 되었다니, 새삼 시간이 참 빠르다는 생각이 들었다. 아내의 메모장에는 수많은 종류의 아기용품들이 몇 개의 카테고리로 나뉘어 분류되고 있었다. 중고 거래 할 것, 지인들에게 얻을 것, 새로 살 것. 모든 것을 새로 사면 기분이야 좋을 수 있겠지만, 금전적으로나 환경적으로나 여러모로 낭비일 수 있기에, 아기의 입에 들어가거나 하는 물건이 아니라면 가급적 중고거래 사이트를 많이 뒤져보기로 했다.

아내는 중고거래 어플로 가장 먼저 필요한 물건 중 하나인 신생아용 바구니 카시트를 검색하고 있었다. 의외로 무료로 나눔 해주시겠다는 분들이 많이 계셨다. 사실 바구니 카시트는 구매한 다음에 사용하는 빈도가 많지 않다고 한다. 병원에서 산후조리원으로 이동할 때, 그리고 산후조리원에서 집으로 이동할 때 정도. 그래서 새것 같은 중고가 많고, 공짜로 주시는 분들도 많이 있는 것이었다.

집에서 멀리 떨어져 있지 않은 어느 아파트에 도착해서 주차하고, 어느 집 문 앞에 놓여 있는 귀여운 카시트를 챙겼다. 비록 무료 나눔으로 얻은 물건이지만, 우리 집에 처음으로 생긴 아기용품이었다. 카시트를 들고나오는 내 모습이 진짜 아빠 같다며 아내는 사진을 찍었다. 사진 속 내 모습이 조금 낯설기도 하고 신기하기도 해서 한참을 바라봤다. 내가 아빠가 되기는 되는가 보다.

내친김에 아기 물건을 좀 더 구경해보자고, 집에서 차로 30분 거리에 있는 대형 아기용품점을 찾았다. 거기 있던 모두가 아기를 한 명씩 안고 있거나, 임산부 가족들이었다. 그들 사이에 우리가 있다는 사실도 낯설면서도 기분 좋은 일이었다. 생전 만져볼 일도 없었던 아기 젖병도 들어보고, 아기 침대와 기저귀 갈이대 같은 가구들을 구경하고, 가격이 천차만별인 유모차들도 한 번씩 밀어보고, 태어나고 자라서 가지고 놀려면 한참을 기다려야 하는 장난감들도 만져보며 우리가 곧 부모가 된다는 사실을 아주 생생하게 실감했다.

집에 돌아와 우리 집을 찬찬히 둘러보았다. 우리 둘이 깔끔하게 사용하고 있던 이 집에 머지않아 색색의 아기용품들이 들어차겠지. 아기 울음소리가 들릴 거고, 그 때문에 잠을 못 자서 눈 밑이 퀭해져 있는 우리가 있겠지. 쉽지 않은 일이겠지만 행복할 거라 믿는다. 많은 친구들이 "빡세지만, 행복해"라고 말했던 것처럼. 문득 날씨가 많이 따뜻해졌다는 것을 발견했다. 머지않아 봄이고, 또 얼마 지나지 않아 여름이다. 여름에는 코코가 태어난다.

29.

오늘도 순항 중

임신 21주차, 기간으로 치면 출산까지 5부 능선을 넘은 시기이다. 그런데 마음은 진작에 절반 이상의 과정을 지나와, 출산을 향해 점점 빠르게 다가가는 기분이다. 임신에 있어서 수많은 이벤트들이 초반에 집중되어있는 것처럼 느껴지기 때문이다. 마치 비행기가 이륙하기 전까지 수많은 점검 작업을 거치고 이륙해서 본 항로에 접어들기까지 조종사들과 크루들이 분주하게 움직이고, 본 항로에 접어들고 나서는 안정적인 운항에만 만전을 기하면 되는 것과 비슷한 느낌이랄까. 이제는 임신이라는 여정이 어느 정도 본 항로에 안착한 느낌이 든다. 물론 목적지인 '무사출산'까지 순항할 수 있도록 계속 세심하게 지켜봐야 하겠지만, 그리고 비행의 마지막에 착륙이라는 어려운 과정이 있듯이 이 여정에도 출산이라는 어려운 과정 하나가 기다리고 있지만, 일단은 어려운 고비들을 많이 넘겨오지 않았나 싶다.

3주 만의 병원 방문이었다. 임신이 안정기에 접어들며 병원에 방문하는 간격이 점점 길어지게 되었는데, 3주 동안 코코를 보지 못한 것은 처음이라 설레는 마음으로 병원으로 향했다. 오늘은 정밀 초음파 검사를 받았다. 이 검사야말로 우리의 코코 비행기가 무사출산 행 항로에 올바르게 안착했는지 최종 확인을 받는 것 같은 느낌이 있었다. 그간 주치의 선생님께서 해 주신 초음파 검사보다 면밀하게 배 속 아이의 구석구석을 들여다보는 과정이었고, 정밀 초음파 검사실에서 따로 진행하였다.

이제는 제법 많이 볼록하게 나온 아내의 배에 초음파 검사기를 가져다 대자, 바로 등을 돌린 코코의 모습이 보였다. 코코는 머리를 아내의 아랫배 쪽으로 향하고 다리를 명치 방향으로 향한 채 꼼지락 꼼지락 놀고 있었다. 전문 검사 선생님께서는 웃으시며 "아기는 잘 놀고 있어요. 그런데 자꾸 다른 데를 보고 있네요"라고 말씀하셨고, 나는 어릴 적 부모님 말씀을 안 듣던 시절이 떠올라 웃음이 났다. 검사기의 방향을 이렇게 저렇게 바꾸어 보면서, 우리는 코코의 몸 구석구석을 살필 수 있었다.

아직 태어나려면 멀었다고만 생각했는데, 의외로 코코의 각종 장기를 비롯한 신체 기관들이 이미 잘 자리 잡고 있는 모습을 보며 나는 또 한 번 경이와 신비를 느꼈다. 저 조그마한 몸 안에 벌써 심장이 있고, 위장이 있고, 콩팥 두 개가 있고, 방광이 있다니. 그 심장이 심방과 심실들로 나뉘어 있고 벌써 힘차게 뛰며 온몸으로 혈액을 보내고 있는 모습을 보면서 코코가 참 대견하다는 생각이 들었다. 대뇌와 소뇌가 형성된 머릿속을 들여다보면서 이미 코코는 저 안에서 생각이라는 것을 하기 시작했을 수도 있겠구나 싶었고, 과연 아기의 첫 생각은 어떤 것일까 궁금하기도 했다. 얼굴 양쪽에 야무지게 자리잡고 있는 앙증맞은 두 개의 귀를 보며 이제는 코코에게 무언가 말을 걸어주어도 괜찮겠다고 생각했다. 마우스 포인터로 손가락 발가락 열 개씩 스무 개를 세어 주실 때 비로소 '아, 우리는 이제 이 아이를 잘 키워서 무사히 세상에 내어놓기만 하면 되는구나' 하고 조금 안도했던 것 같다.

코코가 시간이 갈수록 잘 협조해 준 덕분에 우리는 20분 정도 만에 검사를 마치고 주치의 선생님을 만날 수 있었다. 주치의 선생님도 아이에게 별다른 이상이 없어서 다행이라고 말씀해 주셨다. 나는 반드시 100점을 맞아야 하는 시험에서 당당히 100점을 맞은 기분이 들었다.

선생님께서는 아내에게 주의해야 할 몇 가지를 말씀해 주셨다. 사실 아내는 최근 손가락에 습진이 생겨서 조금 고생하고 있다. 임산부들은 면역이 떨어져 이러한 피부질환에 노출되기 쉽다고 한다. 그러나 피부과에서 흔히 사용하는 스테로이드가 포함된 연고를 사용할 수 없어서 특별한 조치를 취하지 못하고 있는 상황이다. 이제는 잘 자라기만 하면 되는 코코의 걱정은 조금 뒤로 하고 아내를 잘 챙겨야겠다고 다짐하게 되었다. 무사출산이라는 목적을 달성하기 위해 코코도 건강해야 하지만, 누구보다 아내가 힘을 내주어야 하니까.

병원에 다녀와서 아내는 한참 동안 가만히 누워있었다. 무얼 하고 있냐고 물었더니 태동을 느끼고 있다고 했다.

아내는 최근에 처음 태동을 느끼기 시작했다. 배 속의 코코가 이따금 꿀렁꿀렁 움직이기도 하고 '통!' 하고 자궁벽을 치기도 한다고 했다. 코코 비행기는 오늘도 무사출산이라는 목적지를 향해 순항 중이다.

30.

자연분만? 제왕절개?

다니고 있는 산부인과 병원에서 '산모 교실'이라는 프로그램을 마련해 주어 참석하게 되었다. 우리 동네에 사는 수많은 임산부들과 남편들이 한자리에 모였는데, 서로 말은 안 했지만 눈빛으로 공감대와 반가운 마음들을 나누었다. 저출산 시대에 같은 처지의 사람들이 모였다는 것만으로도 위로 비슷한 감정을 느끼게 되는 것 같았다. 이 자리는 임산부와 남편들이 갖고있는 여러 가지 궁금증들을 해소해 주는 자리였는데, 많은 시간이 제왕절개에 대한 인식을 개선하는데 할애되었다는 점이 인상적이었다.

요약하자면, 진통을 기다렸다가 자궁이 수축하며 아

기를 밀어내 출산하는 자연분만과 자궁을 절개해서 아기를 꺼내는 제왕절개는 각각의 장단점을 가지고 있다는 것이다. 자연분만은 출산의 비용이 적게 들고, 출산 후에 산모가 빠르게 회복할 수 있다는 점이 장점이다. 제왕절개는 자연분만 시 겪는 진통과 통증을 피할 수 있다는 점과, 아이나 태반이 자연분만을 하기에 용이하지 않은 위치에 있을 때 안전하게 출산을 할 수 있다는 점이 장점이다.

사실 자연분만과 제왕절개에 대한 질문을 최근 들어 부쩍 많이 듣고 있다. 마치 '아들이었으면 좋겠어요? 딸이었으면 좋겠어요?' 시즌이 끝나니 '자연분만 할 거에요? 제왕절개 할 거에요?' 시즌이 도래한 느낌이랄까. 나는 사실 그 질문 자체에 대한 의문이 있었다. 자연분만이나 제왕절개가 선택 가능한 것이라고 생각해 본 적이 없기 때문이다. 출산이 임박했을 때 산모와 아이의 상태를 면밀히 체크하고, 거기에 따라 주치의 선생님이 정해주시는 것이라고만 생각했지, 우리 마음대로 자연분만이나 제왕절개를 선택할 생각은 하지 못했기 때문이다. 그래서 잘 모르겠다고 대답하면, 때때로 원하지 않았던 조언 같은 것을 듣게 되는 경우가 있다.

아내의 한 지인은 자연분만을 '엄마라면 꼭 경험해야 하는 것'이라고 말했다고 한다. 더 정확히 말하자면 '자연분만으로 엄마는 완성된다'라는 황당한 이야기를 했다고 한다. 그 이야기를 직접 들었던 아내는 물론, 아내로부터 전해 들은 나로서도 당혹스러운 마음을 감출 수 없었다. 길게는 열 몇 시간씩 진통을 겪다가 상상도 할 수 없는 고통 속에서 아이를 출산하는 그 과정의 숭고함을 모르는 바는 아니다. 그 과정을 이겨냈음에 대해 자부심을 갖는 것도 이해하지 못할 것은 아니다. 그러나 이 말은 제왕절개에 대한 폄하임이 분명하다. 고통의 정도를 저울질 할 수도 없고 그래야 할 이유도 없지만 제왕절개를 선택한 산모들 역시 고통과 싸워야 한다. 출산 후 회복 기간이 길기도 하고 그동안 커다란 고통을 감내해야 하는 것이다. 오죽하면 '자연분만은 선불, 제왕절개는 후불'이라는 말까지 있을까. 어떻게 아이를 낳았건 엄청난 고통과 공포에 맞서며 아이를 품에 안은 위대한 엄마다.

드라마 '슬기로운 의사생활'에는 이런 장면도 나온다. 한 산모가 자연분만을 시도하다가 몇 시간 만에 지쳐버렸고, 아이도 좀처럼 내려올 기미가 보이지 않는 상황이다.

조금만 더 지체했다가는 산모도 아이도 위험한 이 긴박한 때에 산모의 남편과 시어머니가 계속해서 자연분만을 고집한다. 남편은 아내가 꼭 자연분만을 해야 한다며 조금만 더 기다려보자고 이야기한다. 시어머니는 '자연분만으로 태어난 아이가 더 똑똑하다'는 속설을 이야기하며 수술을 반대한다. 그러자 산부인과 교수는 이야기한다. "자연분만이 목표이신가 본데, 우리는 아이가 건강하게 태어나고 산모분이 건강하게 출산하는 게 목표입니다." 맞다. 우리의 목표는 산모와 아이의 건강한 만남이다.

산모 교실이 끝날 무렵 나는 아내에게 물었다. "자연분만이랑 제왕절개 중에 뭐가 더 무서워?" 아내는 대답했다. "둘 다." 그게 정답이다. 어떻게 낳건 당사자에게는 분명 무서운 일이고, 위험을 담보로 하는 일이다. 그리고 태어나는 아기에게도 모두 어렵고 힘든 일이다. 그렇기에 그깟 자부심이나 속설 때문에 누가 함부로 뭐가 더 낫다고 이야기해서는 안 된다고 생각한다. 우리가 내린 결론은 코코의 탄생, 그 시작부터 지켜봐 주신 주치의 선생님을 신뢰하는 것이다. 아내와 코코의 상태를 면밀히 살피고 가장 안전한 방법을 권해주시면 그것을 믿고 출산을 하기로 이야기를 나누었다. 그것이 우리의 목표인 건강한 만남을 향해 가는 가장 확실한 길이리라 믿기 때문이다. 만약에 운 좋게 어느 쪽을 선택해도 좋은 상황이 된다면, 그래서 우리가 자연분만과 제왕절개 중 한 쪽을 고를 수 있다면 그것은 아이를 품고 있는 당사자인 아내의 마음을 우선으로 해야지, 결코 나의 판단이나 다른 사람들의 오지랖 같은 것들은 개입해서는 안 될 것이라 생각한다.

집에 돌아온 아내는 한참을 누워 눈을 감고 있었다. 자냐고 물었더니 태동을 느끼는 중이라고 했다. 얼마 전까지만 해도 태동이 많지 않아서 조바심이 난다고 했었는데, 이제 꽤나 선명하게 코코의 움직임을 느낄 수 있다고 한다. 아직 만나지 못했지만 이미 코코가 우리 식구가 되어 있는 것 같은 기분이 들었다. 우리 셋 다 같은 목표를 향해 걸어가고 있겠다고 생각하니 마음이 든든해지기도 하는 요즘이다.

31.
가장 중요한 준비

　몸에 약간의 이상을 느껴 병원에 다녀왔다. 몇 가지 검사를 받았고 며칠간 결과를 기다려야 했다. 그 며칠 동안 나는 기분이 썩 좋지 않았다. 학교 다닐 때 시험을 보고 나면 굳이 성적표를 받지 않아도 내가 시험을 잘 봤는지, 망쳤는지 알 수 있었다. 딱 그런 기분이었다. 시험을 망치고 그 성적표를 기다리는 느낌. 스무 살이 되면서부터 나는 술을 열심히도 마셨다. 처음에는 술자리에서 사람들을 만나는 게 좋아서 마셨고, 언젠가부터는 술이 좋아서 사람을 굳이 만나기도 했고, 이제는 술도 좋고 사람도 좋아서 이 핑계 저 핑계로 마셔대곤 했다. 술 마시는 것 외에

특별히 다른 취미도 없었다. 남들 좋아하는 게임 같은 것도 잘할 줄 모르고 당구도 칠 줄 모르고 운동에도 관심이 없었다. 할 줄 아는 게 없어서 술을 마셨다고 볼 수도 있고, 술 마시는 데 정신이 팔려 다른 취미를 못 만든 것일 수도 있다. 그렇게 살면서 건강 검진 한 번 제대로 받아본 일이 없었다. 이러니 건강 상태가 좋을 리가 있겠나.

의사 선생님은 예상대로의 말씀을 하셨다. 몇 가지 위험하다는 숫자들을 보여주면서 하신 말씀의 요지는, 여태까지 살던 대로 계속 살면 큰일 난다는 이야기. 삼십 대 후반쯤 되면 흔히 듣게 된다는 엄중한 경고의 말이었다. 다행히 지금부터라도 경각심을 갖고 열심히 관리하면 좋아질 수 있다는 이야기도 들었지만, 마음이 착잡해지는 것은 어쩔 수가 없었다. 딱히 후회되거나 하지는 않았다. 이렇게 될 줄 모르고 술을 마셔댔던 것도 아니니까. 그냥 여태까지와는 다른 삶을 시작해야 하는 시점이라는 사실을 마주하니, 한 시절이 흘러가 버렸구나 싶은 생각이 들어 기분이 처지는 것뿐이었다.

이런 날일수록 찐하게 한잔해야 하는데, 하는 한심한 생각을 했다. 아마 몇 년 전의 나였다면 그렇게 했을지도 모른다. 까짓거 조금 덜 건강하더라도 재밌게 사는 게 중요하다는 식의 객기를 부렸을 것이다. 그런데 이제는 내게 그럴 권리가 없다. 나는 누군가의 남편이고, 곧 누군가의 아빠가 될 테니까. 내 몸은 이제 나만의 것이 아니다. 아내와 코코에게도 내 몸과 건강에 대한 지분이 있는 것이다. 나라는 인간에게는 스스로를 파괴할 권리가 있을지 몰라도, 내 아내의 남편에게는 그런 권리가 없다. 나는 나를 함부로 대해도 되겠지만, 코코의 아빠는 그래서는 안 된다. 나는 필사적으로 나의 건강을 오래도록 지켜내야 할 막중한 의무가 있다.

이제는 정말로 여태까지와는 다르게 살아야 한다. 당분간 술을 안 마셔야 한다. 다시 마시게 되더라도 이전처럼 흥청망청해서는 안 된다. 체중도 줄여야 하고, 그러기 위해서 생활 습관도 대대적으로 혁신해야 한다. 그야말로 다시 태어나야 한다. 다른 삶을 산다는 것이 조금 막막하기는 하지만 나는 이것을 아빠가 되기 위한 과정으로 받아들이기로 했다. 여태까지의 내 삶을 '청년기'로 규정 짓는다면, 이제부터 새로운 시기인 '아빠기'가 도래하는 것이다. 청년에게는 청년답게 자신의 인생을 최선을 다해 즐길 의무가 있다면, 아빠에게는 또 좋은 아빠가 되어야 한다는 의무가 있을 것이다. 그중 가장 기본은 건강한 아빠로서 오래오래 아이 곁에 남아주는 것이리라.

축제 같은 나날들을 뒤로하고 아빠가 되기로 한 것은 온전히 나의 선택이다. 여전히 친구들이랑 둘러 앉아 술 마시고 헛소리 하며 밤을 지새우는 것은 너무나도 재미있는 일이지만, 내 선택에 책임을 지기 위해 그런 것들은 어느 정도 포기해야 한다. 그 대신 가정이라는 울타리 안에서 아내와 코코와 함께 누릴 수 있는 다른 재미들이 기다리고 있으리라 생각한다. 이전의 삶에서 새로운 삶으로 옮겨가는 과정이 모두 자발적으로 이루어진다면 가장 이상적이었겠지만, 내게 약간의 머뭇거림이 있었나 보다. 이런 상황을 맞이한 것은 어쩌면 불가항력적으로라도 인생의 새로운 챕터로 진입하라는 하늘의 뜻인지도 모른다.

아빠가 될 준비라는 것이 아내와 배 속의 아기를 살피고, 그들을 위해 이것저것 마련하는 과정이라고 생각했다. 그런데 어쩌면 내게 가장 중요한 준비는 나 자신이 변화하는 일이 아니었을까 하는 생각이 든다. 이제 본격적으로 그 준비를 시작하며 내 인생의 한 시절을 보내주려 한다.

어쩌면 그 시절이 남들이 이야기하는 청춘이었을지 모르지만 이제는 그 찬란하다는 청춘보다 아내와 코코가 훨씬 소중하다. 그러므로 이제는 미련 없이 돌아선다. 마음껏 흥청망청 살아도 괜찮았던 나의 자유여, 안녕. 영원할 것 같았던 나의 청춘이여, 안녕.

32.

새로운 사랑

코코가 자라는 속도가 빨라지는 만큼 아내의 몸이 변하는 속도도 빨라진다. 하루가 다르게 배가 부풀어 오르는 게 느껴진다. 예전에는 사실 어쩌다 임산부의 배를 마주하게 되면 뭔가 금방이라도 터져버릴 것처럼 빵빵하게 부푼 풍선을 바라보는 것 같아 조마조마한 기분이 들 뿐 별다른 감정이 없었는데, 막상 그것이 내 아내의 일이 되고 보니 만감이 교차하곤 한다.

결론부터 말하자면 나는 최근에 다시 한번 아내에게 사랑에 빠진 것 같다. 결혼 전에 느끼던 연애 감정을 넘어서는 새로운 사랑의 감정을 결혼 이후에 발견한 적이 있다. 그 새로운 감정과 이전의 연애 감정을 모두 사랑이라 부르는 것은 그저 우리말에 마땅한 어휘가 그뿐이라 그러한 것이지, 사실은 전혀 다른 층위의 감정이라 설명하고 싶다. 그런데 또 그것과는 전혀 다른 새로운 감정, 역시 사랑이라고밖에 표현할 길이 없지만 전에는 한 번도 느껴보지 않았던 새로운 감정이 요즘 들어 내 가슴에 모락모락 피어난다.

이전에는 경험해 보지 못한 새로운 사랑의 감정. 이것은 요즘 들어 시도 때도 없이 찾아온다. 아내의 배가 불러오면 불러올수록 그 신체의 곡선은 미학적으로 점점 더 아름다워지고 있다. 임부복 중에는 임산부의 배를 가릴 수 있도록 펑퍼짐하게 나오는 것도 있지만, 오히려 그 곡선을 부각시키는 슬림한 형태의 것도 있다. 그런 걸 입은 모습을 보면 아내의 몸은 내가 가장 아름답다고 생각하는 물건인 어쿠스틱 기타처럼 유려하게 느껴지곤 한다.

임신한 아내의 매력은 미학적 아름다움뿐만이 아니다. 요즘 유행하는 말이 있다. 귀여우면 끝이라고. 어떤 대상이 귀여워 보이기 시작하면 절대 거기서 헤어 나올 수 없다는 이야기이다. 요즘 아내의 귀여움 포인트는 한둘이 아니다. 아내는 평소에 기분이 좋으면 즉흥적으로 춤을 추곤 한다. 근본을 알 수 없는 그 춤사위는 원래 '파닥파닥'에 가까웠는데 최근에는 '뒤뚱뒤뚱'이라는 표현이 잘 어울리게 되었다. 그 모습이 미칠 듯이 귀여워 보이곤 한다. 잠자리에 들면 임신 전에는 들을 수 없었던 코 고는 소리가 들린다. 주기적으로 침실을 채우는 그 '도롱도롱' 하는 소리도 다른 어떤 소리와 비교할 수 없이 귀엽다. 결혼 한 이후로도 한 번도 마음껏 터놓지 않았던 방귀를 자신도 모르게 뿡 하고 뀔 때가 있다. 아내야 부끄러워하거나 말거나 나는 그 역시도 귀여워 죽겠다. 괜히 환기를 시켜야 한다고 창문을 여네 마네 하며 호들갑을 떨기는 하지만.

가장 사랑스러운 모습은 가만히 침대에 바로 누워 태동을 느끼는 데 온 신경을 집중하고 있을 때다. 최근 들어 코코는 더욱 적극적으로 자신의 존재를 어필하고 있다. 특히 초콜릿 같은 달달한 음식을 먹었을 때면 자궁벽 여기저기를 툭, 툭 치며 신나게 노닐곤 한다. 미간을 찌푸린 채 배를 바라보고 있던 아내는 오! 오! 하며 덩달아 신이 난다. 그 모습을 보면 나는 한없이 행복해진다. 저 사람과 저 사람이 품고 있는 아기를 위해서라면 무엇이든 할 수 있겠다는 책임감 같은 것도 들고, 저들을 곁에서 오래오래 지켜줘야겠다는 다짐 같은 것도 하게 된다. 그런 생각들에 젖어 가만히 서 있노라면 아내는 내게 가까이 오라고 손짓한다. 나는 다가가 아내의 배에 손을 얹어 함께 태동을 느껴보려 한다. 희한하게 활발하게 움직이던 코코는 내가 손을 얹으면 움직임을 멈추곤 하는데, 얼마 전 처음으로 선명하게 코코의 발길질을 느낄 수 있었다. 너무나도 또렷하게, 툭 하고 차는 감각. 미세한 진동이었지만 내게는 벼락과도 같은 것이었다. 손바닥으로부터 온몸으로 그 감각이 퍼져나가는 느낌이 들었다.

아름답고 귀엽고 사랑스러울 뿐만 아니라, 어떤 때는 숭고하기도 하다. 최근에 아내는 임신으로 인해 면역이 떨어지며 손가락 부위에 생긴 습진을 앓고 있다. 병원에서 스테로이드 함량이 적은 연고를 처방받아 왔는데도 아내는 도통 약을 쓸 생각을 하지 않는다. 분명히 가렵기도 하고 여러모로 신경이 많이 쓰일 텐데 기어이 참고 또 참는다. 나는 병원에서도 조금씩 쓰는 것은 안전하다고 이야기했고, 손가락에 바르는 약이 아이에게 무슨 영향이 있겠나 싶어 그냥 참지 말고 약을 바르라고 이야기한다. 그런데 아내는 늘 괜찮다고 한다. 오늘도 자궁이 방광을 눌러 자주 화장실에 가야 하는 증세를 보이는 탓에 방광의 민감성을 줄여주는 약을 처방받아 왔지만 아마 아내는 먹지 않으려 하겠지. 나는 이런 모습이 싫지만 한편으로 숭고해 보이기도 하고, 또 숭고해 보이지만 한편으로 싫다. 뭐라도 돕고 싶고 뭐라도 해결해 봐야 할 것 같은 기분이 드는데 도무지 할 수 있는 일이 없어 부끄러워지곤 한다.

임신은 물론 출산을 위한 과정이다. 대부분의 과정은 오로지 결과만을 위해 존재하는 것 같지만, 나는 이 임신이라는 과정만큼은 그 자체로도 많은 가치를 내포하고 있다고 생각한다. 임신은 새로운 생명이 자라나는 과정인 동시에, 우리를 새로운 사람으로 만들어내는 과정이기도 하다. 또한 나와 아내를 새로운 관계 속에 놓이게 만드는 신비로운 경험이기도 한 것이다.

33.
새것이 아니라도 괜찮아

아이는 자그마한 존재이지만 아무리 작아도 한 명의 사람이라 많은 물건들을 필요로 한다. 어쩌면 나나 아내가 가진 것보다 더 많은 것을 준비해두어야 하는지도 모르겠다. 코코를 만날 날이 다가오고 있는 지금에서야 알게 된, 이전에는 듣지도 보지도 못했던 많은 물건들을 마련하느라 분주한 요즘이다. 코코를 위해 비워둔 방에는 벌써 수많은 물건들이 자리를 잡고 우리와 함께 코코를 기다리고 있다.

사실 첫 아이이니만큼 새 물건, 좋은 물건들을 마련해주고 싶은 마음도 없지 않았다. 그렇지만 아이는 빠르게 자라날 것이고 여러 종류의 물건들이 금세 그 쓸모를 잃을 것이다. 이 기후 위기의 시대에 낡지 않은 물건을 버리는 것만큼 죄책감이 드는 일도 드물다. 그런 상황을 마주하지 않기 위해서 우리는 상당수의 물건을 중고로 구해보기로 했다.

처음 마련한 코코의 물건은 바구니 카시트였다. 신생아를 차에 태우기 위해 필요한 물건이라는데, 신생아가 차를 타고 외출할 일이 있어봐야 얼마나 자주 있겠나. 서너 번 사용하고 마는 경우가 보통이라고 들었다. 그렇지만 또 없으면 없는 대로 아쉬울 물건. 우리는 중고거래 앱을 통해 싸게 나온 물건을 구해보려 했다. 그런데 웬걸, 아예 무료로 나눔을 하겠다는 집이 있지 않은가. 멀지 않은 어느 아파트 입구에서 우리는 처음으로 코코의 것이라 할 수 있는 물건을 얻었다.

다음으로는 젖병 소독기를 구매했다. 중고거래 앱에는 나름 유명하다는 브랜드의 물건들이 새 것의 3분의 1도 안 되는 가격으로 여럿 나와 있었다. 그것도 아주 경쟁적으로. 아내가 고른 적당한 물건을 가지러 또 차를 몰고 낯선 집으로 향했다. 저렴한 가격에 새 것 같은 물건을 구할 수 있어서 뿌듯했다.

어떤 물건들은 친구들에게 얻기도 했다. 다행히 주변에 한두 해 먼저 아이를 출산한 친구들이 있었다. 그들의 아기들이 이제는 졸업한 물건들이 모두 우리 차지가 되었다. 작년에 아들을 얻은 내 친구 항기는 유모차와 아기띠, 기저귀 갈이대, 타이니 모빌을 몽땅 건네주었다. 차에 물건을 한가득 싣고 오는 동안 나는 마음이 들떴다. 소중한 누군가가 좋아할 만한 물건들을 구해오며 기뻐할 얼굴을 그려보는 즐거움. 물론 코코가 그 물건들의 가치를 알 리 없지만, 내 마음이 그랬다. 주차장에 도착해서 유모차를 밀고 우리 집으로 들어가는 동안에는 코코가 거기에 타고 있는 상상을 했다. 아내가 찍어준 사진 속에는 제법 아빠 같은 내 모습이 있었다. 딸 하나를 키우고 있는 경과 지선 부부는 역류방지 쿠션과, 아기 두상을 예쁘게 만들어 준다는 바디필로우, 아기 옷과 신발 등을 챙겨 주었다. 다소 생소한 것들도 있었는데, 사용법을 자세히 설명해주는 그들을 보며 우리보다 일 년 먼저 부모가 된 그들의 능숙함이 위대해 보인다고 생각했다. 친구들 모두 어디 내다 팔아도 손색없는 물건들을 물려주어서 참 고마웠다.

이밖에도 아이가 커가면서 필요해질 많은 물건들을 우

리는 중고 거래를 통해 구하거나 물려받을 생각이다. 돈도 절약되지만 아직 태어나지도 않은 우리 코코가 벌써 기후 위기 극복을 위해 무언가를 실천하고 있는 것이 아닌가 싶어 웃음이 나기도 한다. 부지런히 앱도 들여다보고, 친구들에게 밥도 사야겠지만.

시간이 흘러 코코도 자라 이 물건들이 필요하지 않게 되었을 무렵에는 또 다른 어느 집에서 또 아이들이 태어나겠지. 아무리 출생률이 절망적인 나라라고 해도 주위를 둘러보면 아이 계획을 세우고 있는 친구들이 더러 있다. 우리가 깨끗이 쓰고 이 물건들을 물려줄 때 기뻐할 그들의 얼굴도 한 번 상상해 보니 또다시 마음이 뿌듯해진다. 마치 그 물건들 위로 몇 명의 아이들의 시절들과 추억들이 차곡차곡 쌓이는 것 같은 느낌도 든다.

물론 코코는 우리 부부에게 세상 무엇과도 바꿀 수 없는 소중한 아이로 자랄 거다. 그런데 그 소중함을 꼭 새 물건들로 표현할 필요는 없는 것 같다. 새것은 아니지만 나름 알차고 아기자기하게 채워진 코코의 방을 보며 거기서 새로운 추억을 만들어갈 코코와 우리 부부의 이야기를 기대해 본다.

34.
저희 걱정은
저희가 하겠습니다

아이가 곧 태어날 예정이라고 하면 많은 이들이 감사하게도 축하의 말씀을 건네주신다. 그런데 상당수의 사람들은 미간을 찌푸리며 나를 불쌍하다는 듯이 쳐다본다. 대부분 나보다 먼저 육아를 경험해 본 사람들이다. 그들의 첫마디는 대부분 "어떡해~"인데, 그다음에 이어지는 말들도 대동소이하다. "좋은 시절 다 갔네", "지금이 제일 좋을 때야. 아기가 태어나고 나면 진짜 힘들 거야", "육아 지옥에 온 걸 환영해." 등등. 태어날 아기가 아들이라고 이야기하면 그 연민 어린 표정과 부정적인 이야기들은 더욱 증폭된다. 그들 딴에는 걱정이라고 하는 이야기들이 나는 이제 지겨울 뿐이다. 아내도 마찬가지겠지. 내게는 육아의 어려움에 대한 이야기들만 날아들지만 아내에게는 출산의 고통에 대한 이야기까지 쏟아지겠지.

이십 대 중반 무렵, 남들보다 오래 군대에 가지 않은 채 사회에 머물던 내게도 비슷한 상황들이 펼쳐지곤 했다. "진짜 빡셀 거야. 특히 너는 나이 먹고 가니까 더", "그 거지같음은 경험해 보지 않으면 몰라." 어느 누구도 "생각보다 할 만해", "남들 다 하는 건데 뭐. 너도 잘 할 수 있을 거야"라고 격려해주는 경우는 없었다.

힘들 거야, 힘들 거야. 반복해서 듣다 보니 마치 그들이 우리가 힘들기를 바라고 있는 건가 싶을 때도 있다. 힘들기때문에 어떻게 하면 좋겠다는 식의 노하우를 전수해 주는 것도 아니고, 힘들지만 어떤 부분들만큼은 정말 보람 있는 일이라는 식으로 위안을 건네는 것도 아니고, 그저 힘들 거라는 말뿐. 이런 건 정말이지 아무런 도움이 되지 않는다. 닥쳐오지 않은 일에 대해 단지 두려움을 품는 것으로 무엇을 해결할 수 있단 말인가.

아이가 잠들지 않고 밤새 울어서 본인 역시 잠들 수 없어 괴로웠던 경험, 아이가 아픈데 어떻게 해야 할지 몰라

난감했던 경험, 그리고 잃어버린 자유들, 경제적으로 쫓기는 마음들에 대해 털어놓으면서 그들이 내게 어떤 위로를 바라는 것도 아니다. 그냥 학창시절에 나 말고도 숙제를 안 해 온 친구가 한 명 더 있어서 같이 혼날 때 느끼는 위안 같은 게 필요한 것처럼 보인다. 그게 아니면 뭘 어쩌라는 거지. 이제와서 태어날 아기를 물러달라고 하늘에 대고 하소연이라도 해야 하나.

그들에게 만약 시간을 되돌려 그들의 아이와의 만남을 없었던 일로 물러주겠다고 한다면 선뜻 그렇게 해달라고 할 수 있을까. 정작 자신들 역시 그런 힘들었던 경험들을 감수할 만큼의 기쁨과 사랑으로 잘 견뎌왔으면서 왜 나는 마냥 힘들기만 할 것이라고 이야기하는 것일까. 나라는 인간에 대한 과소평가인가.

가끔 다른 이야기를 해 주는 사람들도 있다. 예를 들어 나보다 7년쯤 먼저 육아를 경험하고 있는 친구 성언이 같은 경우에는 내가 처음 아이에 대한 이야기를 했을 때 그건 정말 아름다운 경험이라고, 너무너무 감사한 일이라고 이야기해주었다. 이제는 두 아이의 아버지가 된 현철이 형 역시 육아가 힘든 건 사실이지만 그만큼 행복한 일이라고 이야기해 준 적이 있었다. 이런 이야기들이 내게는 힘이 된다. 앞으로 펼쳐질 힘든 일들을 이겨내기 위해 내게 필요한 것은 미리 겁주는 말들이 아니라 그 시간을 견뎌낼 에너지를 건네는 일이다.

태어날 아기를 생각하면 물론 걱정도 되지만 나는 그만큼의 기대감을 함께 가지고 있다. 사랑이라는 감정을 나누는 행위는 하면 할수록 기쁘고 행복한 일이기에. 나와 내 아내, 그리고 코코는 그것을 너무나도 잘 해낼 것이기에. 그러니 제발, 불필요한 걱정의 말들은 접어두길 바란다. 우리 걱정은 우리가 하면 되니까.

35.
판박이

임신 27주 6일. 아내와 나는 며칠 전부터 오늘이 오기만을 손꼽아 기다렸다. 오늘부터 다시 아내의 단축근무가 적용되기 때문이기도 하지만, 그보다 큰 이유는 입체초음파 검사를 통해 코코의 모습을 확인할 수 있는 날이기 때문이기도 하다. 사실 아이를 기다리는 모든 부부들의 최대 관심사는 아이의 건강이다. 그런데 니프티(NIPT) 검사와 정밀초음파 검사를 통해 아이가 건강하리라는 결론을 어느 정도 얻었을 때부터 다른 부분에도 관심이 가기 시작했다. 그 중에 하나가 아이의 외모였다. 성별이라는 중

대한 정보를 얻었을 때부터 코코와 우리 부부가 함께하는 미래를 조금 더 뚜렷하게 그려 나갈 수 있게 되었는데 그 그림 속 코코의 얼굴만큼은 빈 칸으로 남아 있었다. 입체 초음파 검사를 통해 그 부분을 채워나갈 수 있을 터였다.

병원에 도착해 주치의 선생님의 진료실이 아닌, 지난번 정밀초음파 검사를 받았던 초음파 검사실로 향했다. 어두운 검사실에 도착하자 지난번에 검사해 주신 전문 검사 선생님께서 반갑게 맞아주셨다. "혹시 아기가 등을 돌리고 있거나 손으로 얼굴을 가리고 있거나 탯줄이 얼굴 앞에 있는 경우에는 얼굴을 못 보실 수도 있어요"라고 말씀하시자, 아내는 웃으며 대답했다. "초코우유 먹고 왔어요!" 병원으로 향하는 차 안에서 아내는 초코우유를 한 팩 마셨는데, 그 이유는 초코우유를 마시면 아이의 움직임이 활발해진다는 임산부들 사이의 속설 때문이었다.

초음파 검사기를 대자 우리가 알던 그 초음파 검사의 화면이 보였는데, 선생님께서 버튼 하나를 누르자 흑백으로 보이던 화면이 컬러로 보였다. 우리가 처음 본 모습은 코코의 뒤통수와 앙증맞은 귀였다. "어떡해! 아기가 완전히 등을 돌리고 있어요." 코코는 정말로 뭔가 토라진 아이처럼 자궁 한구석에 얼굴을 묻고 도무지 움직일 생각을 하지 않고 있었다. 우선 확인할 수 있는 손과 발 모양부터 살펴보기로 했다. 정밀초음파 검사 때 확인한 것과 마찬가지로 손가락들과 발가락들이 각각 열 개씩 옹기종기 자리 잡고 있었다. 이제 얼굴을 확인해야 할 타이밍인데 누굴 닮아 이렇게 말을 안 듣나 생각할 무렵, 코코가 드디어 자세를 바꿨다. 흑백으로 보이던 얼굴이 드디어 3D 컬러 화면으로 보였을 때 우리 부부는 탄성을 내지르지 않을 수 없었다.

눈을 감고 있는 너무나도 귀여운 아기의 모습. 자그마한 코와 입술, 통통한 양 볼까지 너무나도 선명하게 확인할 수 있었다. 처음 든 생각은 '아, 네가 내 아들 코코구나. 반가워'였다. 눈가에 알 수 없는 눈물이 고여서 흘러내리지 않도록 붙들어 놓느라 애를 먹었다. 얼굴 앞을 가리고 있는 손을 피해 이 각도 저 각도로 얼굴 사진을 찍어 주셨다. 분명 처음 보는 얼굴. 그런데 희한하게도 낯선 느낌이 들지 않았다. 어디서 많이 본 아이를 오랜만에 마주하는 기분이었달까. 아내는 말했다. "완전 오빠랑 똑같이 생겼잖아." 아, 그래서 그런가. 오늘 처음 마주한 얼굴과 겹쳐

보였던 기억 속 얼굴은 어린 시절의 내 얼굴이었던가.

정말 그랬다. 나름 작지 않지만 끝이 둥그런 콧방울과 도톰한 입술은 아내보다는 확실히 나를 닮아 있었다. 아내는 내 어린 시절 사진을 휴대폰 배경화면으로 설정해 두었는데 정말 그 사진 속 어린 내 모습과 화면 속 코코의 얼굴은 많이도 닮아 있었다. 의심한 적도 없었지만 아내 배 속에 있는 아이가 내 아이가 맞구나, 하는 생각이 새삼스럽게 들었다.

사실 코코가 나를 닮았으면 좋겠다고 생각한 부분은 별로 없었다. 평균 키 정도인 나와는 달리 아내는 여성치고 키가 크다. 이목구비도 오밀조밀하고 전체적으로 나무랄 구석 없는 예쁜 외모를 가지고 있다. 성격도 밝고 머리도 좋아서 정말이지 편식 많이 하는 것 빼고는 전부 다 아내를 닮아도 좋겠다고 생각하고 있던 참이었다. 그런데 막상 아내보다 나를 빼다 박아 놓은 듯한 얼굴을 확인하고 나니 뜻밖에도 입이 귀에 걸리고 마는 것이다. 입체초음파 검사가 끝나고도 한참동안 프린트된 사진을 붙들고 싱글싱글 웃는 내 모습이 스스로 보기에도 신기했다. 수많은 아들 중 자신을 가장 닮은 아들을 유독 예뻐해 후계로 삼고자 했다던 어느 유명한 왕과 재벌 총수의 이야기가 남일 같지 않았다. 나를 닮은 아이를 갖게 된다는 것은 이렇게나 짜릿하고 행복한 일이었구나.

진료실로 옮겨 주치의 선생님을 만났다. 주치의 선생님도 아이가 나를 닮았다며, 아내에게 (나까지) 아들 둘이라는 마음으로 키우면 되겠다고 말씀해주셨다. 코코의 신체 사이즈들을 살피시고는 아무 문제 없이 잘 크고 있으니 걱정말라는 이야기도 덧붙여주셨다. 그리고는 잠시 아내와 출산 방식에 대해 논의하셨다. 아내는 주치의 선생님의 의견을 경청하고 선생님은 아내의 의지를 존중해주시는 가운데, 차차 상황을 지켜보자는 방향으로 이야기가 오갔다.

병원에서 나서자마자 양가 가족들을 비롯하여 가까운 분들에게 입체초음파 사진을 보내드렸다. 하나같이 나를 똑 닮았다며 신기해하셨다. 아내는 처음부터 나를 닮은 아들이었으면 좋겠다고 말하더니, 막상 현재 상황으로 보았을 때 내 유전자가 완승을 거둔 형편이 되니 조금은 서운하기도 한 눈치였다. 그런 아내를 위해 집에 가는 길에 한우 국거리 두 팩을 사서 좋아하는 소고기 미역국을 잔

뚝 끓였다. 아이가 크다 보면 분명히 역전되는 순간이 있을 거라 위로해도 조금은 분한 눈치이다.

이제 정말로 우리 세 가족의 미래가 올컬러로 또렷하게 그려진다. 함께 집에서 밥을 지어 먹고, 동화책을 읽어 주고, 공원을 산책하고, 야구장에 야구를 보러 가는 장면들. 할아버지와 외할아버지, 외할머니 앞에서 재롱을 부리고 그걸 보며 행복해하는 우리 부부의 모습까지. 한층 선명하게 눈 앞에 펼쳐진다. 행복한 밤이다.

36.

아내를 지켜라

며칠 전에는 아내와 함께 영화 '쿵푸팬더 4'를 보러 다녀왔다. 아무래도 '범죄도시'보다는 쿵푸팬더가 태교에 더 나을 것 같았다. 영화가 끝나자 아내는 영화를 보는 내내 코코가 발길질을 해댔다고 말했다. 영화 속 주인공 팬더의 발차기를 따라 하는 코코의 모습을 상상했다. 활기찬 꼬마 남자아이의 모습이 그려졌다.

태동이 많다는 것을 나는 건강한 것으로 이해한다. 코코는 그만큼 쑥쑥 잘 자라고 있다. 며칠 전에는 아내가 태동을 느껴보라고 배에 손을 갖다 댔는데, 이전보다 훨씬 세진 발길질에 깜짝 놀라 손을 뗐다. 쿵 하고 배 전체가 울리는 진동이 내 손에 전해졌다. 건강한 것도 감사하고 잘 자라주고 있는 것도 감사할 일인데 하나 걱정되는 일이 있다. 코코가 같은 주 수의 다른 태아들에 비해 큰 편이라는 거. 어쨌거나 아내는 자연분만을 염두에 두고 있고 주치의 선생님도 그렇게 하자고 이야기하시는 것을 보면 자연분만하기에 나쁘지 않은 조건들이 갖춰지고 있는 것 같은데, 혹시 아이가 너무 커서 아내가 고생을 많이 하게 되는 것이 아닐까 걱정이 되었다.

오늘은 2주 만에 아내와 병원에 다녀왔다. 가자마자 주치의 선생님을 뵙고 초음파 검사를 진행했다. 여전히 코코는 주 수에 비에 큰 축에 속했다. 무게도 1.2kg에서 1.7kg으로 늘어나 평균 그래프를 웃돌았고, 무엇보다 머리가 크다는 것을 너무나도 명백하게 알 수 있었다. 우리는 선생님께 우리가 갖고있는 걱정에 대해 말씀드렸다. 주치의 선생님은 괜찮다고, 남은 기간 동안 수치들이 서서히 평균 그래프를 향해 움직일 수도 있고, 꼭 머리가 크다고 해서 분만이 어려워지는 것이 아니고 또 머리가 작다고 해서 분만이 쉬워지는 것도 아니라고 안심을 시켜주셨다. 그 말씀에 조금 마음이 놓였다. 또 다행이었던 것은 임신 초기에 걱정했던 전치태반의 징후가 사라졌다는 것. 아이와 자궁의 크기가 커지며 태반이 자연스럽게 위로 밀려 올라가 분만을 방해하지 않는 곳에 위치하게 되었다고 하셨다.

선생님께서는 앞으로 시간이 흐름에 따른 계획들을 이야기하셨다.

"40주쯤에는 유도분만을 진행하는 게 좋을 겁니다."

나는 문득 궁금증이 생겼다.

"선생님, 혹시 아이가 일찍 자라면 조금 일찍 유도분만을 진행하기도 하나요?"

선생님은 대답하셨다.

"저는 그런 것은 선호하지 않습니다. 아이가 자라도 산도와 자궁이 출산할 준비가 되어 있지 않은 경우가 있어요. 산모의 몸이 출산할 준비가 되도록 충분히 기다려야 합니다."

내가 분만의 과정에 대해 잘못 알아도 단단히 잘못 알고 있었다. 나는 산모의 몸은 언제든 아기를 낳을 준비가 되어 있고, 그렇기 때문에 아기만 준비되면 언제든 세상 밖으로 아기를 내어놓을 수 있는 것인 줄 알았다. 그런데 산모의 몸도 천천히 분만을 할 준비를 해 나가고 있는 중이었다. 내가 너무 아기를 중심으로 생각하고 있었다는 사실에 대해 반성하게 되었다. 사실 처음에 아기가 조금 크다는 이야기를 듣고 기분이 좋았다. 작은 것보다는 큰 것이 뭐든 좋다고 생각했기에. 정작 아기를 낳을 아내가 고생할지도 모른다는 것은 고려하지 않은 것이다. 그리고 분만의 과정에 있어서 아내의 준비가 필요하다는 것도 생각하지 못했다는 것이 부끄러웠다. 배 속의 코코만 신경 쓸 것이 아니라 누구보다 고생할 아내를 살피는 것 또한 나의 중요한 임무라는 것을 잊고 있었다.

주치의 선생님은 아내의 다리가 너무 많이 부었다며, 압박 스타킹을 착용할 것을 권하셨다. 그 때 또다시 나는 부끄러운 기분이 들었다. 아내는 요즘 잠을 자다가 간혹 비명을 지르곤 한다. 갑자기 다리에 심하게 쥐가 나는 때가 있기 때문이다. 그럴 때만 나는 아내의 종아리를 주물

러주곤 했지, 평소에는 제대로 다리 마사지 한번 해 준 적이 없었기 때문이다. 아내의 다리가 퉁퉁 부은 게 모두 내 탓인 것만 같았다.

주치의 선생님 면담이 끝나고 우리는 백일해 예방주사를 맞았다. 백일해는 아기들을 위협하는 무서운 호흡기 질환 중 하나인데, 성인들의 비말을 통해 전파가 되곤 하는 질병이다. 이를 예방하기 위해 아기와의 접촉이 예정된 부모들은 필수적으로 예방주사를 맞아야 하는 것이다. 우리는 기꺼이 팔뚝에 주사 한 대씩을 맞았다. 그리고 지금까지도 주사 맞은 부위가 조금 욱신거린다. 나는 비슷한 감각을 느끼고 있을 아내에 대해 생각한다. 아내와는 비교도 안 될 정도로 튼실한 팔뚝을 가진 나도 이 감각이 편하지 않은데, 곤히 잠든 아내의 팔은 또 얼마나 욱신욱신할까.

코코 생각에만 정신이 팔려 있을 것이 아니라 이렇게 자주 아내의 상황을 고려하고 그 고생을 덜어주기 위한 노력을 해야겠다고 다짐한 오늘이다. 며칠 전 가까운 누님 한 분이 이야기해주었다. 둘이 있는 시간은 이제 끝이니 그때 잘해야 한다고. 아내들은 그 힘으로 힘든 육아

기간을 버텨내곤 한다고. 그래, 내가 지켜야 할 사람은 코코만이 아니다. 온갖 고통과 고생으로부터 아내를 지켜야 한다.

37.
만삭사진

경험해 보기 전에는 이해가 가지 않는 일들이 있다. 만삭 사진을 촬영하는 일이 내게는 그런 일 중의 하나였다. 아기가 태어나면 줄창 아기 사진을 찍어댈 텐데 미리 나서 만삭 사진을 찍고 올리고 하는 일이 내게는 조금 유난스럽고 비용과 노력을 낭비하는 일처럼 느껴졌다. 그런데 막상 임신이라는 일이 우리 부부의 것이 되고 보니 지금 이 시기를 그럴싸한 사진으로 남겨 보는 것도 괜찮겠다는 생각이 들었다. 임신 후기가 되며 자주 하는 생각은 지금 이 시기가 결코 돌아오지 않을 시간이라는 것. 아기를 배 속에 품고 만날 날을 손꼽아 기다리는 지금이 문득문득 소중하다는 생각이 들곤 하는 것이다.

　나중에 코코에게 '네가 엄마 배 속에 있을 때의 모습'이라며 보여줄 사진이 있으면 좋겠다는 생각도 들었다. 딱히 엄마가 얼마나 고생했는지 알려주고 싶은 것은 아니고, 우리의 만남 이전에 이런 시간도 있었다는 것 정도를 이야기하고 싶은 것이다. 그런데 생각보다 임신 기간 동안 아내를 찍은 사진들이 많이 남지는 않았다. 임산부의 몸은 물론 아름답고 숭고하지만, 당사자가 생각하기에는 또 다를 수 있는 것이다. 아무래도 임신을 하면서 체중도 증가하고, 몸도 여기저기 붓고, 살이 튼 자국도 생기면서 이전보다 사진을 덜 찍게 되는 것이 사실이다. 그런 측면에서 볼 때 만삭사진이라는 이벤트를 마련하여 임신 후기의 모습을 일부러라도 남기는 것은 꽤 의미 있는 일이 될 수 있겠다고 생각하게 되었다.

　만삭사진을 이곳저곳에서 알아보다 보니 그 방식도 천차만별이라는 생각이 들었다. 먼저 전문 스튜디오에서 만삭사진 작가님과 함께 촬영하는 방식. 비용이 비싸지만 훌륭한 결과물이 보장되어 있다는 점이 장점이다. 촬영 공간을 스스로 마련하고 작가님을 따로 모시는 방식은, 아는 작가님이 있는 경우에는 비용적으로 유리할 수 있지만 그렇지 않은 경우에는 오히려 번거롭기만 하고 비용 절감의 효과도 적을 수 있다는 것을 고려해야 한다. 요즘에는 간소하게 셀프촬영도 많이 하는 것 같다. 셀프사진관에서 리모컨을 이용하여 촬영하거나, 아니면 풍경이 좋은 곳을 찾아 삼각대를 이용하여 카메라를 설치하고 촬영하는 경우도 많이 봤다. 이 경우에는 비용이 많이 절감되고 다른 사람 눈치 보지 않고 촬영할 수 있지만, 디렉팅을 받을 수 없기 때문에 초보자의 경우 포즈를 취하거나 구도를 잡는데에 어려움을 겪을 수 있다는 단점이 있다.

나에게는 마침 절친한 사진작가인 서타이거 형이 있었다. 서타이거 형은 내가 가수와 작가로 활동하면서 프로필 사진이 필요할 때마다 사진을 찍어주었던 분으로, 우리를 결혼식 당시부터 지켜봐온 분이기 때문에 믿고 맡겨보고 싶다고 생각했다. 시간당 2만원 대의 스튜디오를 빌리고 형에게 사진을 요청했다. 형은 흔쾌히 부탁을 들어주었다.

촬영 당일, 아내는 아침부터 분주했다. 미용실에 가서 머리를 하고 집에 돌아와서도 한참 동안 옷을 고르고 화장했다. 아내의 설렌 모습을 보니 나도 덩달아 신이 나서 평소보다 신경 써서 머리를 만지고 아내가 고른 옷과 매치가 잘 될 만한 옷들을 골랐다. 쑥스러운 마음에 말은 못 했지만, 오랜만에 풀 세팅을 마친 아내의 모습을 보니 참 예쁘다는 생각이 들었다.

사실 촬영 일정을 한 번 변경한 일이 있었다. 딱히 무슨 일이 생겼던 것은 아니고, 단지 아내의 배가 조금 덜 나와서 '만삭'사진이라 하기에는 조금 무리가 있을지도 모른다는 생각이 들었기 때문에 일정을 한 번 미룬 것이다. 그에 상응하는 보람이 분명히 있었다. 최근 들어 하루가 다르게 커지고 있는 아내의 배는 평소에는 아내를 힘들게 하고, 행여나 아기가 너무 커서 분만에 어려움이 생기면 어쩌나 걱정하게 만들곤 했던 것이 사실이다. 그러나 이날 만큼은 사진의 주인공이라는 역할을 톡톡히 할 수 있을 만큼 당당하게 존재감을 뽐내고 있었다. 부풀어 오른 배가 더 잘 보이도록 아내는 연신 적극적으로 배를 내밀곤 했다.

포즈를 잡는 것은 생각보다 많이 어렵지 않았다. 그저 평소 하던 것처럼 따뜻하고 기대 어린 눈으로 아내의 배를 바라보기만 하면 되는 것이었다. 아내와 아기를 향한

다정한 마음으로 배를 어루만지고 쓰다듬고 하는 데에는 딱히 연기력 같은 것이 필요하지 않았다. 그저 약간의 부끄러움만 걷어내고 마음껏 진심을 표현하는 것으로 충분했다. 그리고 사진작가들이 괜히 작가 소리를 듣는 이들이 아니다. 우리의 진심을 다양한 구도와 빛을 활용해 더욱 애틋하고 따스하게 표현해주는 서타이거 형의 스킬이 더해지니 그 결과물에 대해서는 의심할 필요가 없었다.

모델 일이 그저 가만히 서서 사진만 찍히면 되는 일이 아니라, 나름 정신적·신체적 에너지를 소모하는 일이라 두 시간가량의 촬영을 마치고 집에 돌아와 우리 부부는 함께 낮잠을 잤다. 그리고 밤이 깊었을 무렵, 원본 파일을 받을 수 있었다. 수많은 사진 중 잘 나온 것들을 고르다 보니 나는 여러 가지 생각이 들었다. 그중 대부분은 우리가 참 아름다운 시절을 맞이하고 있음에 대한 감사함이었다. 같은 마음으로 코코를 기다리고, 서로를 소중히 대하는 지금이 참 아름답고 그래서 소중하다는 생각이 다시 한번 들었다. 그리고 아내의 몸이 참 아름답다는 생각을 많이 했다. 따스한 눈빛으로 소중하게 배를 쓰다듬는 아내의 모습은 세상 그 어떤 사람보다도, 그 어떤 풍경보다도 아름다워 보였다. 그리고 이 시간이 얼마 남지 않았다는 것에 대해 기대감과 아쉬움이 동시에 들었다. 코코를 빨리 만나고 싶은 마음이야 굴뚝같지만, 우리 인생의 아름다운 한 막이 끝나가고 있고 이윽고 다른 시작이 도래할 것이라는 생각을 하면 아주 조금은 아쉬운 마음도 드는 것이 사실이다.

사진들을 잘 간직해서 먼 미래까지 잘 가져가야겠다고 생각했다. 나중에 코코에게 보여주고, 코코가 또 자신의 아이를 기다리게 되는 시점이 오면 그때 코코의 배우자에게 또 보여주며 우리가 어떤 시절을 어떤 마음으로 지나왔는지에 대해 말해주고 싶다. 먼 훗날 늙어 있을 우리에게도, 언젠가 우리의 젊은 시절에는 이런 날들도 있었음을 다시금 이야기해주고 싶다.

38.
귀한 손님을 맞을 준비

　5월의 어느 저녁, 오랜만에 분위기를 내 보겠다고 외식을 하러 나섰다. 코코를 만나기까지 두 달 남짓. 그 순간을 맞이하고 나면 당분간 둘이 오붓하게 외식을 할 수 있는 기회는 쉽게 만들 수 없으니 지금을 최대한 즐겨보려고 한다. 홍대에 있는 한 이탈리안 레스토랑에서 파스타와 피자를 잔뜩 먹고 배를 두드리며 나와 우리가 향한 곳은 한 SPA 브랜드 매장. 아내가 사야 할 것이 있다며 나를 데려갔다. 가자마자 키즈 코너로 발길을 재촉하더니 신생아용 의류가 걸려있는 진열대 앞에 섰다. 나도 옷을 사러 자주 오는 매장이지만 한 번도 키즈 코너를 눈여겨본 적이 없는

데, 오늘은 신생아 옷을 한참 동안 바라보고 매만져보게 되어 감회가 새로웠다.

아내는 여름에 태어날 아기를 위해 시원한 여름용 보디슈트를 몇 벌 사자고 했다. 다양한 무늬들이 앙증맞게 그려진 옷들 사이에서 한참을 고민했다. 그 이유는 이것이 우리가 우리의 아기를 위해 처음으로 사 주는 옷이기 때문에. 여기저기서 감사하게도 선물해 주신 옷들이 꽤 있었지만 직접 사는 것은 처음이었다. 신생아 옷을 고르는 스스로의 모습을 신기해하며 우리는 물고기 무늬와, 무지개떡 무늬와, 거북이 무늬가 그려진 옷들을 하나씩 집어 들었다. 갓 태어난 아기가 옷에 무늬가 있건 말건 뭘 알겠냐마는 그래도 심혈을 기울여 고르게 되는 게 부모 마음인 걸까. 집에 돌아오는 내내 중얼거렸다. 내가 아기 옷을 사다니. 이런 날이 오다니.

며칠이 지나 휴일 오전, 우리는 일산 킨텍스에서 열리는 베이비페어에 갔다. 미리 예약해둔 티켓을 받아들고 전시장 안으로 들어가니 수많은 아기용품 부스들이 우리를 맞이하고 있었다. 역시 작년 이맘때 같았으면 아무 관심도 없었을 물건들. 이제는 그들의 주요 타겟층에 속하는 고객

이 되어 물건들 하나하나를 꼼꼼하게 살피게 되었다. 아기 물건들은 다 작고 앙증맞아서 구경하는 재미가 있었다. 아기용 카시트, 아기띠, 유모차부터 자잘한 생필품들까지 한참을 구경하다가 우리는 애초에 사기로 마음먹었던 아기 손수건과 천 기저귀를 샀다. 꼼꼼하게 손수건을 한 장 한 장 만져보며 고르는 아내의 모습이 제법 아기 엄마 같아서 웃음이 나왔다. 다른 부스로 옮겨 아기 손톱깎이와 친환경 세제, 향균 비닐 봉투 같은 물건들도 사서 집에 돌아왔다.

새로 산 물건들은 예전에 마련해 둔 코코의 방에 놓였다. 방에는 여기저기서 물려받거나 새로 선물 받은 크고 작은 아기용품들이 무질서하게 널브러져 있었다. 내친김에 우리는 오늘을 디데이로 정하고 코코의 방을 정리하기로 마음먹었다. 친구에게 물려받은 수유 의자와 기저귀 갈이대를 조립하고, 수많은 지인이 선물해 준 아기 옷들을 차곡차곡 정리했다. 여기저기서 물려받은 물건들을 정말 사용할 것들과 낡아서 새로 사는 게 낫겠다 싶은 것들을 분류하기도 했다. 몇 시간이 걸려 나름의 정리를 하고 나니 어딘가 방이 휑하기도 하고, 쌓아 둔 아기 물건들을 예쁘게 보관하고 싶은 생각이 들었다.

우리는 갑자기 휘몰아치는 충동을 이기지 못하고 결국 다시 차를 몰고 이번에는 가구 매장으로 갔다. 무거운 몸을 이끌고 아침에도 베이비페어 현장을 한참 걸었던 아내가 힘을 내어 또다시 몇 시간 동안 수납장을 골랐다. 우리는 끝내 우리 마음에 쏙 드는 물건을 찾아냈다. 하얀색과 민트색의 조합이 예쁜 수납장 4세트. 조립되지 않은 상태의 물건을 싣고 서둘러 집에 돌아와 또다시 오랜 시간 동안 땀을 뻘뻘 흘려야 했다. 생각보다 조립 공정이 복잡해서 한참 애를 먹었다. 결국 나는 네 개의 수납장을 모두 조립해냈고, 드디어 코코의 방도 나름대로 아늑하고 포근한 모습을 갖추게 되었다. 우리는 마무리로 안방에 두고 쓰던 노랗고 예쁜 조명 하나를 수납장 위에 올려두었다. 나란히 서서 전등 빛이 따스하게 비치는 방을 한참 동안 바라봤다.

아내는 물건들을 마련하고 정리하는 내내 이런 얘기를 했다. "우리 집에 올 귀한 손님을 맞이할 준비를 하는 기분이야." 나는 "그럼, 귀한 손님이지"라고 대답했다. 자고로 손님이란 멀리서 올수록 반갑고 오래 기다릴수록 애틋한 법이다. 그리고 코코만큼 멀리서, 오랜 걸음으로 우리를 향해 온 손님이 우리 인생에 또 있었을 리 없다. 우리의 귀한 손님, 나름 열심히 맞이할 준비를 하고 있는데 자꾸만 뭔가 부족한 건 아닐까 걱정이 되기도 한다. 이 마음을 알아주려면 또 얼마만큼의 세월을 기다려야 할까. 코코가 우리와 같은 상황이 되면 그때는 알아주려나.

39.
태몽을 꿨다

간밤에 희한하고도 선명한 꿈을 꿨다. 눈을 뜨자마자 나는 이것이 보통 꿈이 아님을 직감했다. 그래, 이건 태몽일지도 몰라. 잊어버리기 전에 꿈의 내용을 몇 번이고 더 곱씹었다. 보통 꿈은 자고 일어나면 희미해지기 마련인데 그 이미지가 갈수록 선명하게 떠올랐다.

꿈속에서 나는 네 개의 상자를 눈앞에 두고 있었다. 조심스러운 마음으로 첫 번째 상자를 열었다. 귀여운 새끼고양이 몇 마리가 꼬물꼬물거리고 있었다. 나는 다시 조심스레 상자를 닫았다. 두 번째 상자를 열어보니 이번에는 자그마한 강아지 몇 마리가 마찬가지로 서로의 몸을 부비고 있었다. 이번에도 상자를 닫았다. 세 번째 상자를 열었더니 뜬금없이 달팽이 몇 마리가 꿈틀꿈틀 움직이고 있었다. 또다시 상자를 닫았다. 마지막 네 번째 상자를 열었더니 이번에는 손바닥만 한 개구리들이 우글우글 들어앉아 있었다. 나는 이번에도 상자를 닫으려고 했는데, 그 순간 개구리들이 일제히 와르르 상자 밖으로 뛰쳐나왔다. 온 집안을 뛰어다니는 개구리들을 어떻게든 잡아서 상자에 넣어보려 했지만 헛수고였다. 나는 진저리를 치며 잠에서 깼다.

아기가 생기면 주변에 누군가는 태몽을 꾼다고 하던데, 주변에서 아무도 꿈 얘기를 하던 사람이 없어서 의아해하던 중이었다. 그런 거 없이 태어나는 아이도 있다고 하니 신경쓰지 않기로 했는데, 그 와중에 꾸게 된 이 꿈은 분명 심상치 않은 것이었다. 호랑이나 용 같은 멋진 동물도 아니고, 느티나무나 소나무 같은 듬직한 식물들도 아닌 개구리라는 게 조금 아쉽기는 했지만 나는 정신을 차리자마자 휴대폰을 집어 들었다. 포털사이트에 검색을 했다. '개구리 태몽'.

우선 개구리 같은 별것 아닌 동물도 태몽이 될 수 있을까 싶었는데, 수많은 사람들이 개구리 태몽에 대해 문의를 했고 거기에 대한 해몽 글도 올려둔 것을 보니 태몽이 맞을 수도 있겠다는 생각이 들었다. 곧장 본가에 계신 할머니께 전화를 걸었다. 태몽도 결국은 민간신앙의 일종. 이런 건 할머니가 전문일 거라고 생각했다. 더군다나 우리 할머니가 누구인가. 무려 다섯 아들과 두 딸을 낳아 키우신 임신과 출산에 있어서는 베테랑 중의 베테랑 아니신가.

"할머니, 제가 꿈을 꿨는데 아무래도 태몽 같아요."

할머니께 꿈을 얘기해 드렸더니 할머니께서 웃으시며 대답하셨다.

"응, 그래. 태몽 맞다. 축하한다."

전화를 끊고 다시 아까 열어둔 검색창을 살펴봤다. 개구리가 집에 들어온 꿈은 재물복이 많은 자손을 얻을 태몽이고, 멀리 뛰는 개구리를 본 꿈은 출세하여 높은 지위에 오를 자손을 얻을 태몽이라고 적혀 있었다. 꼭 돈을 많이 벌고 출세를 하기까지 바란 건 아니지만, 막상 꿈의 내용이 그렇다고 하니 나도 모르게 웃음이 새어 나왔다.

먼저 일어나 거실에 앉아 있던 아내에게 이 모든 이야기를 전해주었다. 처음에는 무슨 개구리 태몽이냐고 질색팔색을 하던 아내도 해몽 이야기를 듣더니 신이 나서 친정집에 자랑했다. 나는 사실 나중에 코코가 자신의 태몽을 묻는다면 뭐라고 둘러대야 하나 생각해본 적이 있었는데, 해 줄 이야기가 생겨서 기분이 좋아졌다.

인생에 있어 큰 일을 맞이하려니 별의별 경험을 다 해본다. 희한하게 남들 겪는 일들은 정말로 나도 한 번씩 겪고 지나가게 된다. 임신이 후반부에 접어들며 아내도 나도 여러모로 고단하다고 생각하고 있었는데, 잠시나마 웃을 수 있었던 재미난 이벤트였다. 미신이지만 뭐 어떤가. 돈 많이 벌고 출세한다는데, 좋지 뭐.

40.
태교여행 2

어쩌면 태교여행이라는 말은 그냥 핑계일 뿐인지도 모른다. 우리를 떠나게 만든 것은 사실 태교라는 명분이 아니라 지금이 아니면 더 이상 우리에게 단 둘이 떠나는 여행 같은 건 없으리라는 아쉬움이었던 것 같다. 새로운 가족을 맞이한다는 것은, 그리고 둘에서 셋으로 나아간다는 것은 물론 경이롭고 행복한 일이지만 막상 다시는 돌아오지 못할 한 시절이 끝나간다고 생각하니 약간의 아쉬움도 드는 것이다. 그래서 우리는 진짜 마지막으로 딱 한 번만 더 떠나보기로 마음을 먹었다.

이번 목적지는 부산. 최근 들어 나는 내가 좋아하는

야구를 아내에게 전파하는 데 성공했다. 우리가 응원하는 팀은 부산을 연고지로 하는 롯데 자이언츠. 미안한 이야기이지만 코코도 별 수 없이 만년 하위권인 롯데 자이언츠를 응원할 수밖에 없는 운명이 되고야 말았다. 아이와 아내와 함께 야구장을 찾아 좋아하는 팀을 응원하는 것은 내 또래의 야구팬이라면 한번쯤은 꿈꿔 봄 직한 일이지만 그것을 실현하려면 적어도 아이를 낳고도 3년 정도는 기다려야 무리가 없을 터이다. 그래서 지금이라도 자이언츠의 홈구장인 사직구장을 한번 가 보기로 결정을 한 것이다.

여행 계획을 짜는 데 있어 가장 중요한 것은 아내가 충분히 휴식할 수 있는 시간을 군데군데 확보해 두는 것이었다. 이곳저곳을 구경하기 위한 계획을 세우면서도, 중간에 서너 시간 숙소로 돌아와 낮잠을 잘 수 있는 시간은 반드시 넣었다. 출산예정일을 두 달 앞둔 현재 아내가 즐겁게 돌아다닐 수 있는 시간은 길게 잡아야 세 시간 정도. 걷는 거리는 최소화해야 했고 일정과 일정 사이의 간격은 최대한 벌려야 했다.

첫날은 바다가 보이는 식당에서 고기를 구워 먹고 광

안리 주변을 걸었다. 아내가 찾아낸 자그마한 독립서점에도 들러보고 반짝이는 광안대교를 보며 한참을 걷기도 했다. 아내의 배가 딴딴해질 무렵이면 걸음을 멈추고 휴식을 취했고, 숨을 돌리고 나면 또 조금 걷기를 반복했다. 여기까지 와서 회에 소주를 즐기지 못하는 것이 아쉽기는 했지만, 언제가 될지 모르는 다음을 기약하며 하루를 마무리했다.

둘째 날은 본격적으로 부산의 구석구석을 구경했다. 아침 일찍 일어나 재첩국을 먹고 보수동 책거리에 가서 낡은 책들을 뒤적였다. 낡은 책 냄새에 기분이 좋아질 무렵 바로 근처의 깡통시장에 가서 군것질로 한 끼를 때웠다. 시장에서 장사하시는 아주머니들마다 아내의 배를 보며 '어머, 아가야 언제 나와요?' 하시며 반가워하셨다. 출산예정일까지 두 달이 남았지만 얼핏 보기에는 충분히 만삭으로 보이는 터라 걱정 어린 시선을 보내주시는 분들도 계셨다. 일찌감치 숙소로 돌아와 휴식을 취하고 오후에는 대망의 사직야구장에 갔다. 더 편안하게 야구를 볼 수 있는 테이블 석을 예약하지 못해서 아내에게 조금 미안했지만, 아내는 씩씩하게 웃어 보이며 신나게 야구 경기를 봐

주었다. 아내의 체력은 딱 6회 말까지. 롯데 자이언츠의 선수들이 역전 홈런을 때리는 장면을 놓치긴 했지만 하나도 아쉽지 않았다. 무거운 몸을 이끌고 이렇게 매 순간을 최선을 다해 즐겨주는 아내가 고마울 뿐이었다.

역시 2박 3일은 무리라는 생각이 들어 마지막 날은 다른 일정들을 다 취소한 채 호텔 조식만 간단히 먹고 바로 서울로 올라오기로 했다. 짧은 여행. 그러나 그것이 우리의 기억 속에 있는 것과 없는 것은 완전히 다를 것이라 생각한다. 얼마 남지 않은 둘만의 시간 동안 필사적으로 소중한 추억들을 많이 만들어둘 것이다. 그토록 고되다는 육아의 나날 동안 분명 우리를 지탱해줄 연료가 되어주리라 생각한다.

41.

우량아

임신 34주차. 오랜만에 병원을 찾는 날이다. 나와 아내는 병원에 가는 날이면 언제나 신이 난다. 초음파로나마 코코의 모습을 직접 확인할 수 있는 날이기에. 요즘 들어 발길질도 많이 하고 꿀렁꿀렁 자세도 자주 바꾸면서 자꾸 우리의 호기심을 자극하는 배 속 아가를 만나는 날이라 가벼운 발걸음으로 병원을 향했다.

오늘은 초음파 검사 뿐만 아니라 분만 전 검사가 있는 날이다. 심전도 검사, 혈액 검사, 소변검사 등을 통해 분만 전에 산모의 몸 상태를 체크하는 과정이다. 병원에 도착하자마자 여기저기 돌아다니며 피도 뽑고 검사도 받느라 아내가 고생을 많이 했다. 검사를 마치고 드디어 주치의 선생님을 만나는 시간. 오늘도 선생님은 초음파 검사를 통해 아이의 상태를 살피시고 여러 가지 신체 크기를 측정하신다. 이쯤 되니 사실 아기가 너무 커져서 오히려 얼굴의 윤곽이라거나 이목구비 같은 것들은 오히려 초음파로 판독하기가 어려운 상황. 우리의 관심사는 그보다는 코코가 얼마나 자랐는가-이다.

검사를 위해 드러난 아내의 배는 내가 봐도 최근 들어 무서우리만큼 커져 있었다. 선생님께서 아기의 사이즈를 재는 동안 우리는 어쩌면 우리가 생각하지 못했던 숫자를 들을 수도 있겠다는 생각이 들었다.

"확실히 아기가 크네요. 엄마 아빠가 크면 아기도 큰 경우가 많습니다."

하기야, 우리 부부는 둘 다 체구가 큰 편이긴 하다. 아내는 키가 168cm로 평균을 훨씬 웃돌고, 나도 평균보다 조금 큰 키이지만 덩치 하나만큼은 어디서도 작다는 이야기를 들어본 적이 없다. 이윽고 선생님께서 하신 말씀에 우리는 놀란 얼굴을 감출 수 없었다.

"2.7kg 정도 되는 것 같습니다."

아직 출산까지 한 달도 넘게 남았는데 2.7kg이라니. 그 정도면 당장 태어나도 마냥 작지만은 않은 수치가 아닌가.

"선생님, 아기가 앞으로 얼마나 더 클까요?"
"앞으로 지켜봐야 하겠지만 4kg이 넘느냐 넘지 않느냐가 중요할 것 같습니다."

이 정도 페이스라면 4kg까지도 자랄 수 있다는 말씀에 우리는 생각이 복잡해졌다. 과연 자연분만이라는 출산 방식을 선택하는 것이 현명한 선택일까. 주치의 선생님께서는 그래도 계속 용기를 주려고 노력하셨다.

"아기가 크다고 꼭 자연분만이 힘든 것도 아니고, 아기가 작다고 꼭 수월하게 나오는 것도 아닙니다. 다양한 상

황을 고려해 봐야 합니다. 천천히 지켜보죠.”

선생님께서는 무조건 자연분만만을 고집하시는 분이 아니다. 상황에 따라 제왕절개를 선택할 수도 있고, 만약에 우리가 어떤 한 방식을 희망한다면 그에 맞추어 분만 계획을 마련해 주시겠다고 말씀하셨다. 어쨌거나 여태까지의 말씀들을 종합해 보았을 때 자연분만을 시도할 수 있다고 해오셨고, 우리로서도 그것이 가능하다면 출산 후에 산모의 회복이 빠른 자연분만을 선택하는 것이 나은 길이라 생각하고 있었다. 그런데 아기가 우리가 생각한 것보다 훨씬 빠르게 자라고 있다는 사실을 알게 되었다. 우리로서도 이제는 무조건 자연분만만을 고집할 것이 아니라 선생님 말씀처럼 다양한 상황을 고려해봐야 하는 입장이 된 것이다.

“에이, 괜찮아. 이러다 또 막판에 별로 안 클 수도 있고. 너무 힘들 것 같으면 꼭 자연분만 안 해도 돼.”

아내에게 힘이 될만한 말을 찾고 찾아봐도 이 정도가

한계였다. 건강한 모습으로 코코를 만나리라는 것은 변함 없는 사실이다. 그렇지만 우리가 어떤 방식으로 코코를 만날 것인가는 아직 알 수 없는 일이다. 아무쪼록 어떤 선택을 하더라도 아내와 코코가 고생을 덜 하는 방향으로 결론이 나길 바라는 마음뿐이다.

42.

결정의 시간이 다가온다

출산예정일까지 이제 한 달 남짓 남았다. 말 그대로 만삭이 된 아내는 다양한 증상으로 힘들어 하고 있다. 배가 무거워서 고생하는 것은 기본이고, 여전히 다리가 심하게 붓는 것 외에도 새로운 증상들이 아내를 괴롭힌다. 이따금 코피를 흘리기도 하고, 손발에 두드러기처럼 무언가 나서 가려움에 시달리기도 한다. 한 번씩 배가 찌르듯이 아픈 현상도 있다고 하는데, 내가 해줄 수 있는 말은 언제나 "조금만 더 견뎌보자. 고생이 많아"뿐이라 마음이 아프다.

원래 병원에 가려면 일주일 정도가 남았는데, 이러한

증상들이 조금 심하다 싶은 생각이 들어 겸사겸사 병원을 찾았다. 다행스럽게도 주치의 선생님은 아기에게 해가 되지 않으면서도 증상을 완화시켜줄 수 있는 약들을 처방해 주셨다. 온 김에 오늘도 빠질 수 없는 초음파 검사. 코코의 무게는 일주일 전과 비교해서 그대지 많이 늘어나지는 않았고, 2.8kg 정도로 보였다. 그런데 문제는 머리 크기. 나도 아내도 머리 크기가 작은 편은 아닌데, 코코 역시 그런 점을 그대로 닮아가고 있었나 보다. 다른 아이들보다 3주 가까이 머리둘레가 큰 상황이었다. 코코의 건강에는 문제가 없어 보였지만 문제는 언제나 그런 코코를 낳아야 하는 아내의 입장이었다. 이렇게 머리가 큰 아이를 자연분만으로 낳는다는 것은 여러모로 부담일 수밖에 없는 것이다.

　나는 그런 아내에게 여러 차례 굳이 자연분만을 고집하지 않아도 괜찮다고, 물론 수술 후에 고생을 하겠지만 그래도 자연분만이 어려울 만큼 아기가 크다면 제왕절개를 택해도 괜찮지 않겠냐고 이야기했다. 선생님께서는 40주 정도에 유도분만을 하겠지만, 행여나 자연분만이 어려운 상황이라면 그때 제왕절개를 하는 방법도 있다고 말씀해 주셨다. 그러나 나나 아내는 그런 상황을 가급적 맞이하고 싶지 않은 것이 솔직한 심정이었다. 순조롭게 자연분만을 해내거나 아니면 애초에 제왕절개를 선택하는 것이 우리에게는 바람직해 보였고, 자연분만을 위해 고생하다가 제왕절개를 선택하는 방식은 가급적 피하고 싶다고 이야기해왔다. 그러나 나는 그 말을 하면서도 이미 알고 있었다. 모든 자연분만 과정은 우리가 피하고 싶은 그 상황에 대한 가능성을 지니고 있다는 것을. 순조롭게 진행된다면 회복도 빠르고 더없이 좋은 선택이 될 자연분만이지만 선뜻 선택하기에는 망설여지는 게 사실이었다.

제왕절개의 가능성을 고려하고 있는 것이 느껴지셨는지 주치의 선생님께서는 말씀하셨다. "혹시 수술하고 싶으시거든 좋은 날짜를 하나 선택하셔도 됩니다. 선택은 본인의 몫이에요." 나는 선생님께 말씀드렸다. "저희는 길일 같은 거 믿지 않고요, 만약에 수술받는다면 선생님께서 최선이라 생각하시는 때에 수술받는 것을 최우선으로 생각하고 있습니다." 선생님께서는 "그래도 며칠 정도 선택의 여지가 있으니 잘 상의해 보세요"라고 말씀해주셨다.

자리를 옮겨 주사실로 향했다. 아내에게 빈혈 증세가 보여 한 시간 가량 철분 주사를 맞기로 했다. 주사를 맞는 동안 우리는 진지하게 출산 방식에 대하여 의논했다. 그러나 나는 어느 쪽으로도 결론을 내릴 수 없었다. 두 가지 방법 다 만약에 내가 경험하는 일이라면 너무나도 두려울 것 같다는 생각이 들었기 때문이다. 출산의 목표는 어디까지나 산모와 아기의 건강한 만남. 그러나 내게는 그 목표만큼 두려움과 고통으로부터 나의 아내를 지켜내는 문제도 중요했다. 결국 내가 할 수 있는 일은 덜 두려운 방향으로, 그리고 덜 고통스러울 것으로 예상되는 방향으로 아내가 선택하도록 독려하는 것과 그 선택을 힘껏 지지하는 것뿐이었다. 아내는 세상에서 가장 용감한 표정으로 말했다. "어차피 양쪽 다 아픈 건 마찬가지일 것 같아. 어느 쪽이든 나는 코코만 건강하게 나오면 괜찮을 것 같아."

집에 돌아와서 아내는 한참동안 제왕절개와 자연분만의 유튜브 영상을 찾아보고 있었다. 뭐하러 벌써 무섭게 그런 것을 보느냐고 나는 말했지만, 아내는 아주 진지하게, 그리고 담대하게 두려움에 맞서는 중이었다. 중대한 결정을 앞둔 아내를 위해 특별한 도움을 줄 수 없는 나 자신이 무력하게 느껴지는 날이었다.

43.
대견한 사람,
고마운 사람

드디어 아내의 출산휴가가 시작되었다. 만삭의 몸으로 출근하던 아내가 최근 들어 걱정스럽기는 했다. 이제라도 출근하지 않게 되어 다행이라고 생각한다. 몸이 무거운 것이야 당연하고, 배가 너무 많이 나와서 편히 누울 수 없기에 밤잠도 잘 자지 못하는 상황이라 업무에 쏟을 체력을 확보하기가 어려웠을 것이다. 출산휴가가 끝나면 바로 약 1년간의 육아휴직이 시작될 것이라 아내로서는 생활의 큰 변화를 맞이하게 되었다. 10년 가까이 매일매일 출근하던 회사에서 짐을 챙겨 집에 돌아오는 아내의 마음은 어땠을까. 홀가분하면서도 조금은 낯선 기분이 들지 않았을까.

이제는 출산이 정말 코앞이라 병원에 매주 방문하게 되었다. 병원에 갈 때마다 우리는 조마조마한 마음으로 코코의 머리둘레와 체중을 살핀다. 약 3.1kg. 그새 또 자라 어느새 3킬로를 돌파한 코코는 머리 직경도 좀 더 자라 9.3cm가 되었다. 주치의 선생님께 아직 출산 방법을 결정하지 못했다고 말씀드렸더니 선생님께서는 괜찮다고, 마지막의 마지막까지 고민하다 결정해도 늦지 않다고 말씀해 주셨다.

아내는 나름대로 기준을 정한 모양이었다. 코코의 체중이 3.5kg을 돌파하고, 머리 직경이 9.5cm 이상이 된다면 자연분만에 대한 미련을 버리고 제왕절개를 선택할 것이라고 이야기했다. 결의에 찬 얼굴로 그렇게 말해주니 나는 후련한 마음이 들었다. 어느 쪽이건 엄청난 고통이 따를 것이다. 길게는 열 몇 시간까지 극한의 고통과 싸워야하는 자연분만도, 마취한다고 하지만 생살을 도려낸 후유증을 며칠이고 견뎌야 하는 제왕절개도 누가 되었건 가볍게 말할 수 있는 일이 아님이 분명하다. 이러한 일을 앞두고 두렵기도 하겠지만 나의 아내는 잘 이겨내 줄 것 같다는 생각이 들었고, 그래서 더 고마웠다.

제왕절개와 자연분만 각각의 일정도 어느 정도는 정해 놓았다. 만약에 제왕절개를 한다면 우리가 선택한 날짜는 7월 3일이다. 소위 '길일'이라고 말하는 날짜를 받아올 수도 있었지만 우리는 그런 것에 의존하고 싶은 마음은 들지 않았다. 그냥 코코를 만나기에 너무 늦지 않은 적당한 날짜 몇 개 중 그냥 아무 날짜나 선택해 보았다. 정해놓고 보니 처음 임신 진단을 받았을 때 임시로 받았던 출산예정일이 그날이기도 했다. 자연분만은 진통이 오고 아기가 나올 기미가 보이면 그 전이건 후건 언제라도 진행하겠지만, 임신 40주가 되는 7월 9일에는 유도분만을 진행할 것이라고 주치의 선생님께서 말씀하셨다. 어느 쪽이든 이제 코코를 만나기까지 한 달도 남지 않은 것이다.

이미 아이를 낳아 본 경험이 있는 지인에게 "엄마 그만 고생시키고 얼른 아기가 나왔으면 좋겠어요"라고 말했더니 "낳고 나면 고생스러울 텐데요. 지금이 좋을 때에요. 즐겨요"라는 대답이 돌아왔다. 물론 육아 초보인 부부가 신생아를 만나면 또 얼마나 허둥대며 고생하게 될지 눈에 선하지만, 지금의 솔직한 마음은 정말로 아내의 고생이 빨리 끝났으면 하는 마음이다.

지금도 제대로 눕지도 못하고 소파에 앉아 눈을 감고 가만히 코코의 움직임을 느끼는, 대견하고 고마운 나의 아내에게 지나친 고생이 주어지지 않기를 바라고 바란다.

♥ 2024년 6월 18일, 코코의 머리 직경이 9.59cm가 되었고, 우리는 7월 3일에 제왕절개를 통해 코코를 만나기로 결정했다.

44.
생명

눈이 일찍 떠졌다. 다른 날도 그랬지만 빨리 아내와 함께 병원에 가고 싶었다. 우리가 어렵게 내린 결정을 어서 주치의 선생님께 이야기하고 선생님의 의견을 듣고 싶었기 때문이다. 오전 일찍 병원에 방문해서 접수하고, 아내는 체중과 혈압을 쟀다. 잠시 동안 태동검사를 받은 뒤 진료실로 향했다. 아내도 나와 같은 마음이었는지 진료실 문을 열고 의자에 앉자마자 대뜸 주치의 선생님께 선언하듯 말했다.

"선생님, 저 결정했어요. 수술받으려고요."

나는 옆에서 내심 조마조마한 마음이 들었다. 아내의 결심과 선생님의 의학적 판단이 다른 방향을 향하면 어떡하지, 하는 생각을 잠시 했다. 그러나 주치의 선생님은 아내가 어떤 선택을 하든 존중해 주실 것이라는 말씀처럼 흔쾌히 긍정적인 대답을 해 주셨다.

"확고하게 결정하셨으니, 알겠습니다. 그렇게 하도록 하지요."

우리가 결정한 날짜는 다행히 선생님의 근무일에 해당되었다. 우리는 가급적 오전에 일찍 수술을 받고 싶다고 말씀드렸다. 이유는 두 가지였다. 우선 수술 이후 아내에게 극심한 고통이 찾아올 타이밍이 아직 선생님께서 근무하고 계시는 시간이었으면 하는 마음이 있었다. 그리고 오후 늦게 수술을 하게 되면 하루 종일 애타는 마음이 들 것 같기도 했다.

"네, 7월 3일 오전으로 준비해 보겠습니다."

2024년 7월 3일. 매년 함께 축하할 코코의 생일이 확정되는 순간이었다.

원래 오늘은 자연분만을 대비해 선생님께서 손으로 직접 자궁 입구를 살피는 내진이 예정되어 있었지만, 이 과정은 생략하게 되었다. 바로 초음파 검사를 받았는데 수술일이 바로 다음 주로 확정되었다 보니 이것이 마지막 초음파 검사가 되었다. 화면 속에 등을 돌리고 있는 희미한 모습의 아이. 마지막이라고 생각하니 애틋한 마음이 들었고, 다음 주면 바깥세상에서 만나 볼 수 있다고 생각하니 가슴이 마구 뛰었다.

검사를 마치자마자 간호사 선생님께서 종이 한 장을 전달해 주셨다. 수술 동의서였다. 살면서 수술 동의서를 본 것이 처음은 아니었다. 스무 살 때 맹장수술 받을 때 한번, 그리고 스물여덟 살 때 편도선 수술받을 때 한 번 수술 동의서라는 서류를 마주한 적이 있다. 이 종이는 항상 무서운 이야기와 함께 건네지곤 했던 기억이 났다. 오늘도 마찬가지였다. 선생님께서는 담담하게 아주 희박한 확률의, 그러나 분명히 어딘가에서는 일어날 수 있는 최악의 상황에 대해서 설명해 주셨다. 그것은 정말로 입에 담고 싶지 않은 가장 나쁜 일. 우리에게 일어나지 않을 일이라는 것을 믿고 있었지만, 한편으로는 당사자인 아내가 짊어져야 할 두려움의 무게가 걱정되기도 했다. 아무리 희박해도 자신의 생명과 직결되는 이야기였다. 그런데 아내는 너무나도 어른스러운 표정으로, 진지하고 단호한 얼굴로 고개를 끄덕이고 있었다. 그 모습이 문득 위대해 보이고 한편으로는 안쓰러워 보여서 눈가가 뜨거워졌다.

아내의 곁에서 내가 할 수 있는 일은 겉으로는 아무렇지도 않은 표정을 하면서 속으로는 기도하는 것뿐이었다. 그때 나는 잠시 진정으로 믿고 있는 신이 없다는 사실이 아쉬워졌다. 어디다 기도해야 하나 하다가 정말로 기도하는 심정으로 주치의 선생님께 겨우 한 마디 말씀을 건넸다.

"잘 부탁드립니다, 선생님."

그 순간만큼은 선생님이 정말로 의술의 신이길 바랐고, 세상 모든 초월적 존재들의 능력이 선생님의 손끝에 임하길 바랐다. 선생님께서는 언제나와 같은 침착한 말투로 대답하셨다.

"당연히 최선을 다할 겁니다."

그 대답이 내겐 너무나 든든하고 소중한 말이 되어 돌아왔다.

마지막 정기 진료를 마치고 진료실 문밖을 나와 또 다른 서류에 서명했다. 이 역시 제왕절개 수술로 인해 일어날 수 있는 위험한 상황들에 대해 이해하고, 수술에 동의하겠다는 내용의 서류였다. 아내가 먼저 서명했고, 그 아래 나도 낯선 감각으로 서명했다.

사실 아내의 생명을 걸고 큰 걸음을 내딛는 일은 지난 10개월 내내 계속되어 온 일이었다. 꼭 수술뿐만 아니라, 매 순간이 위험하고 어려운 사투였던 것이다. 그것이 행복한 결말로 마무리되기 직전의 순간인데, 나는 이상하게도 자꾸 마음이 무거워진다. 고통을 나눠 짊어질 수 없다는 것에 대한 무력함 때문일 수도 있고 마지막까지 남아 있는 아내에 대한 걱정 때문일 수도 있겠다.

비행으로 치면 안전하게 착륙하는 일만 남았고, 항해로 치면 성공적으로 배를 정박시키는 일만 남은 셈이다. 내가 한 일은 단지 응원밖에 없었는데, 우리는 여기까지 올 수 있었다. 마지막까지 할 수 있는 일이 그것뿐이라면 남은 일주일 동안 나는 더 목이 터져라, 몸이 부서져라 응원해 볼 생각이다.

45.
안녕?

자다 깨기를 반복하는 밤이었다. 푹 자둬야 아내의 간호를 잘 할 수 있다는 걸 알지만 도저히 깊은잠에 들 수 없었다. 아내는 아예 하얗게 날을 지새웠다. 기대감과 초조함이 우리 마음속에서 뒤섞이고 있었다. 그렇게 기다리고 기다리던 날의 아침이 밝았다. 나는 평소보다 경건한 마음으로 몸을 씻고 나름 신경 써서 단장했다. 평생토록 기억될 순간을 후줄근한 모습으로 맞이하고 싶지 않았다. 왜 그랬는지는 모르겠지만 결혼반지도 꼭 껴야겠다는 생각이 들었다. 제왕절개를 결정했으니 한 며칠은 병원에서 지내야 할 터. 간단하게 옷가지들을 챙기고 아내가 싸 둔 출산 가방을 차에 실었다. 차에 탄 아내가 오늘은 조금 경건한 마음으로 샤워를 했다고 했다. 우리 둘 다 그런 기분이었다. 그렇다고 병원에 가는 길이 비장하거나 엄숙하지는 않았다. 정기 진료를 받던 다른 날처럼 코코에 대한 궁금증들을 가볍게 이야기하다 보니 금세 병원에 도착했다.

수술실과 입원실은 평소 방문하던 진료실과는 다른 층에 있었다. 아내는 바로 수술을 위한 몇 가지 과정을 거쳤다. 신체가 항생제에 알레르기 반응을 보이는지 판단하기 위해 한쪽 팔에 미리 테스트해 보는 항생제 테스트를 받았고, 이상 반응이 없다는 것을 확인한 후 수액 주사를 팔에 꽂았다. 그리고 제왕절개 수술을 위해서는 필수적인 제모를 받았다. 그동안 나는 입원실을 배정받고 설명을 들었다. 우리는 1인실을 배정받았는데, 병실에는 오직 아내와 나만 출입할 수 있다고 하셨다. 가족이나 지인들이 방문하는 건 괜찮지만 접견실까지만 출입이 가능하고, 밤새 아내의 곁을 지키는 건 오로지 나만 할 수 있다는 것이었다. 옛날에 어머니께서 편찮으셨을 때 병간호를 잠깐씩 해본 적은 있었지만 누군가의 주보호자가 되어 간호를 전적으로 맡아서 하는 것은 이번이 처음이었다. 당연히 나의 몫인 일이지만 순간적으로 무거운 책임감 같은 것이 우르르 밀려오는 기분이 들었다.

수술 대기실에서 다시 만난 아내는 환자복을 입고 팔에 링거를 꽂고 있었다. 누운 채로 나를 보며 씨익 하고 웃어주는 아내는 나보다 훨씬 어른스러운 사람 같았다. 그리고 얼마 지나지 않아 주치의 선생님을 만날 수 있었다. 선생님께서는 아내의 컨디션을 살피시고, 수술받는 것에 대해 동의하는지 재차 물어보셨다. 한 시간쯤 후에 수술을 진행하기로 하고 최선을 다하기로 약속하시는 선생님께 다시 한번 잘 부탁드린다고 말씀을 드렸다. 다시 한번 간절한 마음으로.

예정된 시간보다 조금 일찍 간호사님께서 들어오셨다. 이제 수술을 하러 갈 것이니 아내를 한번 안아주라고 말씀하셨다. 얼떨떨한 기분으로 아내를 안아주며 무슨 말을 했었는지 잘 기억이 안 난다. 오히려 너무 애틋한 말들을 하면 슬픈 일이 생길 것같은 기분이어서 말을 길게 하지 않았던 것만 기억한다. 그렇게 아내는 수술실로, 나는 수술실 문 앞 복도로 향했다. 곧 만날 사람인데 자꾸만 뒷모습을 바라보게 되었다.

　혼자 복도에 앉아 벽에 설치된 모니터만 멍하니 쳐다보고 있었다. 모니터에 아내의 이름이 한 글자가 지워진 채로 떠올랐다. 그 옆에 '수술 준비중'이라고 되어 있던 글자가 '수술중'이 되고부터 여러 걱정들이 밀려왔다. 마취는 잘 되었을까? 마취 과정이 아프지는 않았을까? 하는 걱정부터, 지금도 차마 이야기하고 싶지 않은 최악의 상황들에 대한 걱정들까지. 그 가운데에서 홀로 이렇게 무력하게 기다려야 하는 이 상황이 문득 너무 외롭다는 생각도 했던 것 같다. 그렇게 온갖 생각들이 꼬리를 물고 있던 바로 그때, 간절히 기다리던 소리가 유리문 너머로부터 들려왔다. 닭이 새벽을 깨우는 소리처럼, 빈 하늘에 울려 퍼지는 기적소리처럼 선명하게 울려퍼지던 아기 울음소리. 직감적으로 나는 그것이 내가 기다리던 코코의 목소리라는 것을 바로 알 수 있었다. 아직 무엇도 확실하지 않았던 그때 나는 이미 눈물을 흘리고 있었다.

　곧 유리문이 열리고 간호사님 한 분이 아기 침대 하나를 밀고 나오셨다. 처음 보는데도 어딘가 낯익은 아기가 녹색 천에 싸여 꼼지락거리고 있었다. 2024년 7월 3일 오전

10시 39분, 나의 아들 코코가 우리가 살고 있는 우주에 도착한 것이다. 나는 허겁지겁 코코의 모습을 눈에 담았고 카메라에 담았다. 눈에만 담기에도 아까운 그 시간에 카메라를 꺼내어 든 것은 수술부위가 어느 정도 회복되는 내일까지 코코를 만나지 못할 아내를 위해서였다. 눈물을 닦아내느라, 사진과 영상을 찍느라, 그리고 얼굴 구석구석을 살피느라 정신없는 내게 간호사님은 여러 가지 설명을 해 주셨지만 거의 기억이 나지 않는다. 그냥 코코가 건강하고, 4.06kg의 우량아로 태어났다는 것 정도만 귀에 들어왔다. 나는 곧바로 간호사님께 산모는 건강한지 물었다. 간호사님은 곧 수술을 마치고 나올 거라는 이야기만 해 주셨다.

일생일대의 경이를 체험한 동시에 걱정의 절반도 해소 되었지만 아내를 다시 만날 때까지는 마음을 놓을 수가 없었다. 코코를 만난 뒤로도 한참 아내의 소식을 들을 수 없었다. 그러다 40분 정도가 지났을 무렵, 드디어 주치의 선생님이 유리문을 열고 나오셨다. 선생님은 아기가 생각보다 컸다고, 수술을 결정하길 잘한 것 같다고 말씀하셨다. 산모는 괜찮냐는 나의 물음에 선생님은 마스크 너머로 웃어 보이시며 자신 있게 고개를 끄덕이셨다. 이미 마취에서 깨어 회복중이라는 말을 듣고서야 나는 비로소 안도의 한숨을 내쉴 수 있었다. 잠시 후 우리가 헤어졌던 수술 대기실에서 나는 다시 아내를 만날 수 있었다. 아내는 마취에서 깬 지 얼마 되지 않아 힘든 와중에도 씩씩하게 코코의 안부를 물었다. 나는 휴대폰으로 사진을 보여주며 내가 겪었던 경이로운 순간을 무용담처럼 설명했다.

기적과도 같은 코코와의 만남, 그리고 너무나도 대견한 아내와의 재회. 그토록 소망했던 일들이다. 코코와 아내, 두 사람이 오랜 시간 모두 씩씩하게 버텨주어 맞이할 수 있었던. 두 사람은 앞으로도 평생 동안 그렇게 씩씩하게 내 곁을 지켜주겠지. 나 또한 당장 지금부터 두 사람 곁을 아빠라는 이름이 부끄럽지 않도록 든든하게 지켜내야 한다. 때로는 아까 병실에서처럼 무거운 책임감과 마주해야 할 것이고, 때로는 코코와 아내를 기다리던 복도에서처럼 한없이 외로워지는 순간도 있겠지만 그런 건 사소한 일이다.

아까는 경황이 없어서 두 사람에게 건네지 못한 인사를 이제야 건네며 열 달 간의 이야기를 맺는다.

"안녕?"

우리가 아이를 낳은 병원의 신생아실 면회는 하루에 네 번 허용된다. 오전 10시, 오후 2시, 4시 30분, 8시. 오전 10시 39분에 태어난 코코를 나는 2시에 또 보고, 4시 30분에 또 보고, 8시에 또 봤다. 도저히 보고 싶은 마음을 참을 수가 없어서 시계만 보다가 면회시간마다 신생아실로 달려가 유리창 너머로 코코의 얼굴을 멍하니 쳐다보다 왔다. 솔직히 아직까지는 조금 데면데면한 것이 사실이다. 다른 집 아빠, 엄마처럼 '사랑해'라는 말도 잘 안 나오고, 무슨 말이라도 건네보려 하면 쑥스러운 마음이 앞서 말문이 턱턱 막히곤 한다. 어쩔 수 없는 일 아닌가. 아무리 아빠와 아들이라지만 초면은 초면이니.

하루 종일 내 마음은 싱숭생숭했다. 어제의 나와 오늘의 나는 똑같이 그냥 나인데, 어제는 그냥 사람이었다가 오늘은 아빠라는 묵직한 이름을 달게 되었다는 게 신기하고 한편으로는 아직도 당황스럽다. 아빠가 아빠다워야 아빠지, 나는 아직 하나도 아빠다운 구석이 없는걸.

그러나 하나 힌트는 갖고 있다. 며칠 전 좋은 아빠가 되는 문제로 고민하고 있던 내게 코코의 고모, 그러니까 내 여동생이 이런 말을 건넸다. "좋은 아빠가 어려우면 좋은 남편부터 되어 봐. 그러면 절반 이상은 성공한 것일 테니까." 그녀가 나와 수십 년을 동고동락하면서 건넨 가장 현명한 말이었다. 그래, 좋은 아빠가 되기 위해서 나는 좋은 남편부터 되어야겠다.

지금은 1인 병실의 보호자 석에서 이 글을 쓰고 있다. 좋은 아빠가 되기 위해 쓰기 시작한 글이지만 이제는 빨리 이 글들로부터 벗어나 좋은 남편의 첫걸음으로 일단 아내의 회복을 돕는 일에 전념해야 한다.

이 글의 기획을 듣자마자 흔쾌히 책으로 만들어주겠다고 이야기해 준 도서출판 정미소의 대표, 김민섭 형에게 감사하다는 말을 전하고 싶다. 그때는 코코가 생긴 지 얼마 되지 않았을 때였기에 순산을 장담할 수 없는 상황이었고, 그렇기에 어찌 보면 이 책의 기획은 조금 위험한 일이 될 수도 있는 것이었다. 그러나 그는 내게 당연히 건강한 아기를 만나게 될 것이라고 오히려 용기를 북돋아 주었다. 이 책을 통해서 내가 좋은 아빠가 될 수 있을 것이라는 말도 이 글을 끝까지 써내려가는 데 큰 힘이 되었다.

미래아이산부인과 허지만 과장님께도 감사의 말씀을 전하고 싶다. 글에서 다 표현되지 못한 것 같지만 언제나 진심을 다해서 진료해 주신다는 것을 느낄 수 있었다. 모든 선택의 기로 앞에서 선생님의 명쾌한 이야기들이 이정표가 되어 주었고, 선택 이후에는 든든한 지지로 우리의 두려움을 덜어내 주셨다. 우리에게 그렇게 하셨던 것처럼 앞으로도 수많은 가족들에게 일생일대의 아름다운 만남들을 선물해 주셨으면 좋겠다. 선생님을 비롯한 모든 의료진 분들과 그 가족들의 행복을 빈다.

곁에서 응원해주시고 함께 간절함을 품어주신 양가 가족들께도 감사드린다. 새로운 호칭 하나씩을 얻으신 것에 대해 축하의 말씀도 드리고 싶다. 코코의 할아버지, 증조할머니, 외할아버지, 외할머니, 고모, 이모, 외삼촌, 외숙모가 코코를 향해 쏟아 주실 사랑에 벌써 행복한 마음이 든다. 언덕 하나하나를 넘을 때마다 자기 일처럼 기뻐해 주고 박수쳐 준 수많은 친구들과 지인들께도 그 마음에 값 하는 삶을 살겠다는 약속을 전한다.

그리고 강산호. 어제까지 코코였던 나의 아들. 잘 부탁해. 여러모로 부족한 점이 많은 아빠일 가능성이 크지만 어쨌건 최선을 다해서 좋은 아빠라는 꿈에 다가가 볼게. 이 글들을 읽을 네가 몇 살일지, 어떤 상황일지 모르지만 너의 삶을 이루는 모든 순간에 행복이 깃들기를 매일 바라고 또 바랄게. 어쩌면 쉽지 않은 시절을 보내고 있을지도 모르는 네게 이 글들이 위안도 되고 힘도 되었으면 좋겠어. 네가 얼마나 소중하게 태어난 아이인지 부디 잊지 말아주길.

마지막으로 규란아. 나에게 두 번이나 새로운 우주를 열어 줘서 고마워. 너와 가족이 되면서 내게는 따뜻하고 편안한 첫 번째 우주가 생겼고, 산호를 만나면서 경이롭고 신나는 두 번째 우주가 생겼어. 예전에 말한 적 있지. 남들은 가정을 이루는 대신 꿈을 잃었다고들 푸념하지만, 나는 오히려 너를 만나고 더 훨씬 더 많은 꿈을 꾸게 되었다고. 이제는 네가 품은 꿈들을 지키기 위해서, 그리고 네가 마음 편히 새로운 꿈을 꾸도록 하기 위해서 내가 더 애써볼 생각이야. 항상 존경하고, 사랑해.

규란과 산호, 두 사람에게 나의 아버지가 언젠가 내게 해 주신 말씀을 들려주고 싶어. "다른 힘든 건 아빠가 다 대신해 줄게. 너는 건강하기만 해 줘. 그건 아빠가 대신해 줄 수가 없잖아." 부디 항상 건강해 줘. 다른 건 내가 다 대신해 줄 수 있어.

2024년 7월 3일
아빠가 된 강백수

그리고 나는 아빠가 된다
: 타임머신이 있대도 널 만나기 전으로 돌아가지 않아

1판 1쇄 인쇄 2024년 9월 23일
1판 1쇄 발행 2024년 9월 30일

지은이 강백수
펴낸이 김민섭
편집자 이유나
펴낸곳 도서출판 정미소

출판등록 2018.11.6. 제2018-000297호
주소 서울특별시 마포구 성산동 218번지 402호
이메일 xmasnight@daum.net

ISBN 979-11-985182-4-8 03810